罪深き娘

ジュリア・ジェイムズ 作

有沢瞳子 訳

ハーレクイン・ロマンス
東京・ロンドン・トロント・パリ・ニューヨーク・アテネ・アムステルダム
ハンブルク・ストックホルム・ミラノ・シドニー・マドリッド
ワルシャワ・ブダペスト

His Wedding Ring of Revenge

by Julia James

Published by Harlequin K.K., Tokyo, 2006

◇作者の横顔

ジュリア・ジェイムズ　十代のころに初めてミルズ・アンド・ブーンのロマンスを読み、それ以来の大ファン。ロマンスの舞台として理想的な地中海地方、そしてイギリスの田園が大好きで、とくに歴史ある城やコテージに惹かれるという。趣味はウォーキング、ガーデニング、刺繍、お菓子作りなど。現在は家族とイギリスに在住。

主要登場人物

レイチェル・ヴェイル……ビジネス文書の翻訳者。

アーリーン・グレアム……レイチェルの母。

ヴィート・ファルネステ……多国籍企業の経営者。

エンリコ……ヴィートの亡き父。アーリーンを愛人としていた。

シルヴィア……ヴィートの母。エンリコの妻。

1

ひんやりとした噴水の水がまわりの石に優しく降りそそぎ、つややかな御影石《みかげいし》でできた池に澄みきった水がたまっていく。高いビルから吹きおろす微風に噴水がかすかに揺らぎ、そばを通りすぎるレイチエルに、目に見えない細かい水滴をそっと吹きかけた。

冷たい。

これこそわたしのあるべき姿だ。冷ややかで、穏やかで、落ち着いていること。いっさい感情をまじえないこと。わたしは取り引きをするためにここへ来た。それだけなのだから。

輝くばかりに真新しいオフィス街の入口を飾る、みごとな設計の噴水。レイチェルは穏やかで静かなその雰囲気を味わった。ヨーロッパ屈指の有力多国籍企業、ファルネステ産業のイギリス本社にふさわしく、このあたりはしゃれた近代的ビジネス街のなかでも、ひときわ高級な地域だ。ロンドンの古い区域のひとつであるチズウィックの端に位置し、高速道路Ｍ４やヒースロー空港を利用するのにも都合がいい。

レイチェルはハイヒールで歩きつづけた。テーラードスーツに包まれた体が優雅に揺れる。ここに来るタクシーでは、ライラック色のスカートにしわが寄ったり、高級ストッキングに伝線が走ったりしないよう、細心の注意を払った。

望みは……完璧《かんぺき》に見えること。

準備に二時間以上かけた。髪をシャンプーしてまとめ、入念に化粧をして、爪にはマニキュアをほどこした。シルクの下着とごく薄いストッキング、クリーム色のキャミソールを慎重に身につけ、ほっそりした腰に細身のタイトスカートをはいて、上には、サテンの裏地がついた襟ぐりの大きいウエストのくびれたジャケットをはおった。おかげで、胸のふくらみと引きしまったウエストが微妙に強調されている。

足にはイタリア製のハイヒール。スーツと同色で、クラッチバッグと対になっている。

これを見つけるのに二週間以上かかった。チェルシーからナイツブリッジ、ボンド・ストリートからケンジントンのあらゆる高級デパートとブティックをくまなく探した末に見つけたのだから、当然すばらしい。

とにかく、あっと言わせなければならないのは、判断基準がとびぬけて厳しい相手なのだ。

かつて一度失敗している。あのときは情けなくて、惨めで、屈辱的だった。

そして今、接近すると自動的に開く巨大な両開きドアに向かって歩きながら、レイチェルは自分に言い聞かせていた。二度と失敗しない、と。今度はどんな女性と比較されても、堂々とした態度が貫けるはずだ。

趣味のよさにかけてはレイチェルは完璧だった。品がいいわ。母がよく満足げに言ったものだ。

レイチェルは胸がいっぱいになったが、すぐにそれを抑えた。この取り引きには、どんな感情も致命的結果をもたらす。少しでも成功したいなら、冷静で、自信に満ちあふれて、あくまで落ち着いていなければならない。

広々とした大理石のフロアを通り、中央にある半円形の受付カウンターに向かう。背後には巧妙にデザインされた水の流れる大きな壁がそそり立つ。水の壁はとても静かで、まったく流れていないように見えるが、そこから漂う冷気は、建物全体をゆるやかに冷やす冷房装置の効果を高めている。

受付の前で立ち止まると、洗練された装いの女性が問いかけるようなまなざしを向けた。

「ミスター・ファルネステにお目にかかりたいのですが」レイチェルは落ち着いた声で言い、大きな受付カウンターの上にクラッチバッグを置いた。

「どちらさまでしょうか？」

「レイチェル・ヴェイルです」

女性は眉をひそめた。「申し訳ありませんが、面会者リストにお名前がないようです」

レイチェルはひるまなかった。「会長室に電話して、わたしの名前を伝えてください。きっと了解がとれるはずです」

受付の女性は疑わしげな顔をしつつ、受話器を持ちあげた。「しばらくお待ちください」

ファルネステ社の優秀な社員の例にもれず、彼女も会長の個人秘書に確かめるつもりらしい。

「ミセス・ウォルターズ？　ミズ・レイチェル・ヴェイルとおっしゃる方が受付におみえです。面会者リストにお名前がないのですが」

しばらく沈黙が続いた。

「わかりました。どうも、ミセス・ウォルターズ」その表情から、レイチェルを追い払うように指示されたのがわかる。

受付の女性が静かに受話器を戻そうとしたとき、レイチェルは穏やかにそれを阻止して受話器をとりあげた。

「ミセス・ウォルターズ？　レイチェル・ヴェイルです。ミスター・ファルネステにお伝えください、わたしからちょっとした提案があると。あ、それからもうひとつ。今すぐ伝えてください。わたしは三分でここを出ます。そうすれば、提案はなかったことになります。では」

レイチェルは、言葉もなく見つめている受付の女性に受話器を返した。

「あちらで待たせていただきます」ちらりと腕時計を見やり、クラッチバッグを持って大きな円いテーブルを囲む白い革製ソファに向かう。テーブルには、今日の新聞がきちんと並べられている。

レイチェルは『タイムズ』紙を手にとり、第一面を読みはじめた。

受付係に受話器を返してから二分五十秒後、カウンターの電話が鳴りだした。レイチェルはページをめくり、新聞を読みつづけた。

三十秒後、受付係がそばにやってきた。

「ミセス・ウォルターズが重役用フロアでお目にかかるそうです」

エレベーターがゆっくり上昇し、どんどん気持ちが萎《な》えていくレイチェルの姿をブロンズ色の壁が映している。扉が開き、きちんとした身なりの中年女性が近づいてきた。穏やかな表情だ。

「ミズ・ヴェイルですね？」

レイチェルは無表情にうなずいた。

「どうぞこちらへ」

クリーム色の絨毯《じゅうたん》が敷きつめられ、大きな彫像がいくつも飾られた広々としたホールを、会長秘書が進んでいく。なんとも威圧的で、レイチェルみたいに場違いな侵入者を怖《お》じ気《け》づかせるような設計だ。

しかし、レイチェルがここへ来たのは取り引きをするためだった。

それ以上でも以下でもない。

ホールの奥に到着すると、別の受付デスクがあり、二人の若い女性が働いていた。二人とも人並外れて美しい。レイチェルは口元を引きしめたが、表情は変えなかった。二人に見られているのを意識しながら受付の前を通り、明らかにミセス・ウォルターズ自身のオフィスと思われる部屋を通りすぎる。そのまま、さらにまっすぐ進み、チェスナット材の大きな両開き扉の前まで来た。

　ミセス・ウォルターズは控えめにノックして、片方の扉を開けた。

「ミズ・ヴェイルをお連れしました」

　レイチェルは部屋に入った。

　感情はつゆほども見せずに。

　彼はあのときのままだった。七年の歳月は彼を変えていなかった。これまで出会った男性のなかでいちばん美しい。生きているかぎりそうだろう。

　美しい。それは男性を形容するには奇妙な言葉かもしれないが、ヴィート・ファルネステを表すのにふさわしい言葉はそれしかない。

　漆黒の髪、高い頬骨、まっすぐに通った鼻筋、とがった顎。

　そして唇。天使のそれのように完璧だ。とはいえ、光の天使ではない。

　罪の天使。

　誘惑の魔の手が見える。

　彼は黒い革張りの椅子にもたれたまま、立ちあがろうともしない。

　ドアが静かに閉まる音が聞こえた。ミセス・ウォルターズが義務を果たして退室したようだ。

　黒く長いまつげに縁どられた無表情な目がじっとレイチェルを見つめている。感情のかけらもない冷静な目。

　彼は何も言わない。

　だがその沈黙のなか、彼が初めて話しかけてきたときの言葉が、まるで長い年月が消えたかのように、レイチェルの頭の隅で鳴りひびいた。

　十一年前、レイチェルはわずか十四歳。大人になりかけの子馬のようにひょろひょろと不格好で、魅力に欠ける少女だった。

夏休みの最初の週、彼女はクラスメイトのジェニーの家で二週間ほど滞在する予定になっていた。なのに、学期最後の日、ジェニーが子供特有の伝染病にかかり、招待をとり消されてしまったのだ。学校がレイチェルの母親に連絡し、急遽《きゅうきょ》航空券が送られてきて、彼女はイタリアに向かった。

行きたくなかった。娘がそばでうろうろすることを母がいやがるのはわかっていたから。エンリコ・ファルネステの庇護《ひご》を受け、できるだけ彼の近くにいるためにイタリアへ移って以来、母はずっとそうだった。そのころには、学校の休みごとに、エンリコが予約するロンドンのホテルで、一週間程度娘と過ごすだけになっていた。一週間が終わるといつも、母のアーリーンはほっとしてエンリコのもとに帰っていった。

けれど、どこにも行くあてのなかったあの夏休み、結局レイチェルはイタリアへ行くしかなかった。

エンリコが母を住まわせた別荘《ヴィラ》は美しく、リグリア海沿岸の観光客に人気のある村を見下ろす崖《がけ》の上にあった。そこからファルネステ社の工場があるトリノは目と鼻の先だ。いやいやながら来たのに、地中海を初めて目にしたレイチェルは、いつのまにかすっかり魅せられていた。そして一日目の午後、空港へ迎えに来た運転手付き自家用車でヴィラに着くや、すぐさま下のテラスにある青く澄みきったプールに駆けおりていった。

玄関前に赤いぴかぴかの大きな車が止まっていたが、ヴィラには、イタリア語しか話さない手伝いの女性以外、誰もいなかった。きっとママはエンリコと一緒に出かけたのだろう。地中海の夏の太陽に照らされた温かくきれいな水のなかにすべりこみながら、レイチェルは思った。

十回ほど往復してから、プールの浅いほうの端でいったん止まり、片手をプールの縁にのせてひと息ついた。濡《ぬ》れたポニーテールを肩に撫《な》でつけ、ふたたび深いほうの端に向かおうとしたとき、結局ヴィラが無人ではなかったことに気づいた。

テラスからプールに下りる短い石段の上に誰かが立っている。十代後半か、もしかしたら二十歳《はたち》くらいの、明らかにイタリア人らしい男性だ。ほっそりとして、背が高い。

彼はしばらく身動きもせず、その場に立っていた。

それからゆっくり石段を下りはじめた。

仕立てといい、デザインといい、非の打ちどころのないクリーム色のチノパンツは、片手をポケットに突っこんでいるせいで、おなかのあたりで生地がぴんと張っていた。引きしまった腰になめし革のベルトをし、クリーム色の開襟シャツは袖《そで》口を軽くまくりあげて、肩にはオートミール色のセーターをはおっている。

彼は物憂げに、そして息も止まりそうなほど優雅に石段を下りてきた。

黒いサングラスをかけていて、とてもかっこよく、魅力的で、まるで映画かポスターから抜けだしてきたようだ。

プールの縁から二メートルほど離れた石段の下で足が止まった。彼の目は黒いサングラスに隠されている。そのときレイチェルが着ていたのは競泳用の水着だったのに、急にとほうもなく肌を露出している気がしてきた。

この人、わたしがここへ来ることを知っていたのかしら？

彼が誰か見当もつかないけれど、自分自身を知るタイプの男性、つまり、どこだろうと、自分の好きなところに突き進む男性だということは本能的にわかる。はっとするほど美しい容姿だけでなく、彼には、どんな望みでも受け入れてもらえそうな生まれついての傲慢《ごうまん》な魅力があった。

とくに女性に。女たちが期待のこもった目で見つめ、彼を巡って争い、注意を引くためにひどく汚い手を使う、そんなタイプの男性だ。

まさにそのとき、今彼の注目を浴びているのがほかならぬ自分自身だと気づき、レイチェルはどうしようもなく当惑した。

注目など浴びたくない。

イタリアの男性は若い女性に目がないから気をつけなさい、という舎監の別れの際の警告が耳に残っている。そればかりではない。ひどく恥ずかしかったのだ。彼が誰であるにしろ、彼自身はそこにいる権利があることを知っているのに、レイチェルにもその権利があることは知らないかもしれないから。それに、彼女を見下ろしている彼の態度、顔つきのせいもあった。サングラスをかけているので、顔つきといってもわかるのは限られていたが。

レイチェルの水着は世界一不格好とはいえ、それでも体に張りつき、脚と腕をさらして、体の線を見せつけている。

スタイルがあまりよくないことは彼女も自覚していた。同年代の友人と比べて、成長はかなり遅いほうだ。とくに胸が。おまけにさまざまなスポーツをするせいで、腕が太かった。顔は悪くないとは思うけれど、まあ、人並だ。

今レイチェルを見つめている彼のようなタイプの男性にとって、〝人並の女〟は存在しないも同然だろう。

彼のつきあう相手がどういう女の子なのか、察しはついた。最高ランクの、性的魅力がにじみ出た娘たち。日常のどんな瞬間においてもすばらしく、ほかの誰よりも群を抜いてすぐれている。彼女たちは自分がいかに魅力的か、ちゃんと知っている。

ほかの娘たちは競争をやめるしかない。そういう娘たちは彼のレーダーに引っかかることさえないのだから。

そんな思いが一瞬脳裏をよぎり、レイチェルは気づいた。最高ランクではないし、おまけにはるかに年下の自分なんか、彼にとっては女のうちに入らないのだと。だとすれば、水着だけでなく、顔やスタイルが魅力的でないと思われても、どうってことはない。

困るのは、侵入者か招かれざる客、つまり無人のしゃれたヴィラに運にまかせて入りこんだ観光客か何かだと思われそうなことだった。

片手をポケットに突っこみ、もう一方の手をだらりとたらしたまま、彼はレイチェルを見つめている。表情はなく、何を考えているのか読みとれない。こっちから何か言うのを、そして、ここにいる理由を説明するのを待っているのだろうか？

突然レイチェルは気恥ずかしさに襲われ、合図でもするように、さもなければ意思を伝えるかのように、おずおずと手を上げた。自分がばかみたいに思えたが、今さら引っ込みはつかない。

〝こんにちは〟彼女はぎこちなく挨拶《あいさつ》した。〝わたしのこと、誰だろうと思ってるんでしょう……〟

そう言った瞬間、自分がもっとばかに思えた。相手がイタリア人なのは明らかなのに、英語を話しているのだから。イギリス人ならこんなにかっこいいはずがないし、美しいはずもない。

〝きみが誰かは知っている〟彼が口を開いた。それは英語、しかもとても流暢《りゅうちょう》な英語で、イタリア語風の訛《なまり》でもやわらげられないほど、残酷でそっけない口調だった。〝きみは、父の愛人が産んだ私生児だ〟

2

あれから十一年たった今も、ヴィートの声は残酷でそっけなかった。イタリア語訛《なまり》がそれをやわらげてくれないのも、以前と同じだ。

「では、ようやく最後の財産を利用することにしたわけか」

顔は無表情でも、張りつめた激しい怒りを抑えているのがわかる。

十一年前もそうだった。怒りが今にもすさまじい破壊力で噴きだしそうだった。

そしてヴィートは、レイチェルにかけたまさに最初の言葉でそれをやってのけた。

あのとき少しでも生存本能が働けば、二度と彼に話しかけはしなかったのに。

だが、十四歳の娘にそんな直感がひらめくわけはない。ひらめいたのは、いやになるほどはっきりした自分自身の破滅の予感だけだった。

レイチェルはその記憶を追い払った。

わたしがここへ来た理由、目的、狙《ねら》いはただひとつ、取り引きなのだから。

わずかに、ほとんど気づかないほど肩をいからせ、レイチェルはきりだした。

「条件があるの」

ヴィートはじっと我慢していた。全身の神経と筋肉を完全に抑えつけて。

さもなければ、彼は椅子から猛然と立ちあがり、デスクの向こうに行って、厚かましくも彼に条件を提示している女の肩を揺さぶって、揺さぶって、揺さぶりつづけただろう。

そんな想像をするだけでも命とりになる。想像がふくらみ、現実になるかもしれない。

ヴィートは身じろぎもせず、レイチェル・ヴェイルを探るように見ていた。

髪、スーツ、爪、アクセサリー。

合計でいくらだろう。

五百ポンド？　靴とバッグを入れると当然、もう数百ポンド加わる。

そんな金をどこから手に入れた？

ほかの男からだ。

なるほど……。

世襲の職業か……。

しかし、母親のコネを利用する必要はなさそうだ。外見はようやく大人の女性らしくなり、肉体的魅力は今が頂点だ。そして間違いなく、自分を美しく見せる方法を知っている。

競走馬のように無駄のない体つき、豊かなプラチナブロンドの髪、忘れられない大きな瞳、柔和な口元……。

よし。彼女はすばらしい。輝いている。

だからどうした？　彼女の容姿はぼくになんの関係もない。

関心があるのはただひとつ。

彼女が引きだそうとしている金額だけだ。

ヴィートは静かに椅子にもたれ、伏し目がちに尋ねた。

「それで、言い値は？」

彼女の顔に何かがよぎったか？　わからない。だが口調は変わっていなかった。「〝値段〟とは言ってないわ。〝条件〟と言ったのよ」

またもや激しい怒りがヴィートの体を貫いた。彼女は厚かましくもここに現れたばかりか、ぼくに切り札を出すよう仕向けている……。

ぼくは三年間、実に三年間、自分のものをとり返すためにあらゆる手段を講じてきた。そうとも、自分のものをだ！　弁護士は役立たずの愚か者ばかりだ。プレゼントはプレゼントですからね。彼らはそう言った。贈り物なら、受け取り手に正当な法的権利があります。結局、父上は愛人に多くのプレゼントを与えられたのです。貴重なもの、高価なものを。そのなかには宝石も含まれます……。

ヴィートはののしり声をもらした。

〝なんてことだ《ディーオ・ミーオ》！　きみたちは父が愛人に与えたつまらない安物と、そいつが父から盗んだ宝石を、本気で比較するつもりか？〟

弁護士たちは、それまでにも増して意気地なしの役立たずに見えた。

〝法廷で、彼女が盗んだと主張するのは難しいです、シニョール・ファルネステ〟弁護士のひとりが不安にかられながらも勇気を出して言った。

ヴィートは容赦なく食ってかかった。〝もちろん盗んだに決まっているだろう！　父もばかじゃない。別荘《ヴィラ》さえ与えなかったのに、どうしてそれ以上のものを与える？〟

〝つまりその……感謝の……しるしとして……ヴィラの代わりというか……〟

ヴィートは黙りこんだ。とりつく島もない恐ろしい表情がその顔に浮かぶ。弁護士が思わずあとずさるほど厳しい声でヴィートは言った。〝きみはそう思うのか？　ではきくが、誰が妻の結婚プレゼントを愛人に贈る？　誰が娼婦《しょうふ》にファルネステ家のエメラルドを贈るというんだ？〟

ファルネステ家のエメラルド。

今もまざまざと目に浮かぶ。あれは九カ月前のことだった。母のアーリーンがレイチェルをどうしても銀行に連れていくと言って聞かなかった。行くと、傍らの小部屋に入れと言う。そこに封印された包みを持って行員が現れ、書類と一緒にテーブルに置いた。二人だけになったとき、母は箱らしい包みのひもをほどき、茶色の包装紙を破り捨てた。なかから宝石箱が現れた。箱はとくに立派というわけではなく、ふたを開けると、上に浅い箱、下に深い箱があった。母は上の箱をちらりと見て、それをわきに置き、下の箱を開けた。

レイチェルは息をのんだ。息をのまずにはいられなかったのだ。

明かりを浴びて、緑色の炎の連なりが燦然《さんぜん》と輝いた。母はそれを手にとり、深々と椅子に座った。その顔にある表情が浮かんだ。最高に満足した表情が。母は宝石を両手からたらし、深く満ち足りたため息をもらした。

〝すごい！〟レイチェルがささやいた。

アーリーンはほほ笑んだ。〝そうね。これ、ママのものなの〟

母の声には奇妙な響きがあった。すばらしい宝石を手にした喜びばかりではない、それ以上のものが。それが何か、レイチェルにはわかった。

勝利の喜びだ。

いやな予感がしはじめた。

〝これはファルネステ家のエメラルドよ。それがママのものなの〟

そのとき、母の目に奇妙な苦悩の表情が浮かんだ。母はレイチェルを見た。

〝いずれあなたのものになるわ。あなたが受け継ぐのよ〟

ファルネステ産業の会長兼最高経営責任者にふさわしい大きなデスクを前に、ヴィートは椅子にもたれた。この会社は三代前に創設されたにすぎないが、ファルネステ家の歴史はそれよりはるか昔にさかのぼる。ルネッサンス期の商人貴族だった一族の財産は、何世紀ものあいだに大きく増減したが、十五世紀に先祖返りしたようなエンリコの抜け目なく堅実で才気あふれる頭脳のおかげで、今ふたたび増加を続けている。ヴィートは、拡大する二十一世紀の世界経済の方向へとファルネステ社の舵《かじ》をとるだけでよかった。

しかし一族は未来に目を向けているが、ヴィートは過去を忘れていない。ファルネステ家のエメラルドを一族にもたらした十八世紀のことも、彼の青年時代をけがしたごく最近のことも。

あれは、父の人生に入りこんだアーリーン・グレアムの毒のせいだった。

彼はまだその毒を出しきっていない。悪徳の毒液の最後の一滴がまだ吸いだされていないのだ。

アーリーンの娘が今、その毒液を吸いだすチャンスを申し出ている。

「条件？」ヴィートは無表情に言った。「つまり窃盗の罪を免れることか？」

その声はそっけなく、反論を許さない威圧感があった。

レイチェルはわずかに姿勢を変えた。背筋に力が入りすぎて背中が痛い。

だが答えたレイチェルの声は、ヴィートの声同様そっけなかった。「あなたが数年前に起こした告訴が正当と認められていれば、話はもっと進んでいたし、わたしが同意を求める条件もまったく違っていたでしょうね」

どんな反応を見せるかとヴィートの顔に注目したが、なんの表情も見られなかった。怒りさえも。法の力を利用して自分のものと信じる宝石をとり戻すには、彼がどんなに無力か、思い出させたというのに。それが可能なら、ヴィート・ファルネステはなんのためらいもなく法を最大限に利用し、自分の所有物をとり戻しただろう。

言うまでもなく、彼はすでに一度それを実行に移したのだ。

レイチェルは、そこに座る、自分をほとんど破滅に追いやろうとした男性を見つめた。

わたしは若かった。愚かだった。そしてだまされやすかった。

でも今は違う。

それに、わたしにとってヴィート・ファルネステはなんの意味もない。彼にとっても、わたしはなんの意味もない。

今、わたしにとって意味があるたったひとりの人。遅すぎたとはいえ、とにかくそれに気づいた。今ヴィート・ファルネステの前に立ち、彼が欲しがっているもの、彼にとって唯一価値のあるものをさしだそうとしているのは、その人のためだ。

彼の目は暗い。ひどく暗い。まるで闇夜《やみよ》のように。焼きごてを当てられたような痛み、苦悩が全身を襲う。一瞬、ほんの一瞬、レイチェルは信じたいと思った。それは思いすごしだと。

それゆえ、わたしはおまえをけがれなきものとみなし、輝かしきものと考えた。

地獄のように邪悪で、夜のように暗いおまえを。

シェイクスピアの悲痛な十四行詩《ソネット》の一節がレイチェルを苦しめる。

だが、深い悲しみから力を振りしぼり、なんとかそんな気持ちを追い払った。

ヴィート・ファルネステが今レイチェルに望むものは、かつて彼女に望んだものとは違った。当時、レイチェルは若く、愚かで、だまされやすかった。今彼の欲しいものは彼女の手にある。

けれどあのときと違い、今回は代償に何かを引きだすつもりだ。

お金ではない。お金など重要ではない。

欲しいのはまったく違うものだ。

「で？」ヴィートが詰め寄った。

彼は鋭い目で見つめている。

実際に穴をうがつかと思うほどの視線だ。レイチェルは息を吸った。速く、浅い息を。

「単純な話よ。わたしと結婚してほしいの」

一瞬、張りつめた沈黙が漂った。それからヴィートが鞭《むち》をふるったかのようにどっと笑いだした。それはレイチェルの肉を骨から切り離し、皮膚を体からはぎとった。

軽蔑《けいべつ》に満ちた、人をばかにした笑い。

ヴィートは体をそらして高らかに笑っている。

ふいに笑いがやんだ。

暗く不快きわまりない悪意をみなぎらせた顔でヴィートが身を乗りだした。

「あきらめるんだな」彼はあざ笑うように言った。

ヴィートのばかにしきった声はレイチェルを切り裂き、その言葉が本当であることをいやおうなく思い知らされた。

ヴィート・ファルネステと結婚さえすれば、夢は実現する。

とはいえ、それは来世に別の人間にでも生まれ変わったらの話だ。

ああ、あんなにうぶだったわたしには神のお告げがあって当然だったのに。

だが、そんなものはなかった。ヴィート・ファルネステがレイチェルにとってどんなに危険か、なんのお告げもなかった。

十四歳のとき、プールサイドでぞっとするような初対面をしたあと、また彼に会うとは夢にも思わなかった。エンリコとの長い時間をかけた昼食を終えて帰宅した母は、ヴィートがヴィラに現れたことを知って激怒した。彼の父親も喜んでいるようには見えなかった。

車の止まった音が聞こえ、母とエンリコが帰宅したのだろうと思ったが、レイチェルはプールサイドに残った。しかし、家のなかから響きわたる怒声の応酬はいやでも耳に入る。真っ赤な車が轟音《ごうおん》をたて、切り立った海べりの道を猛スピードで走り去ったとき、それは終わった。その後、顔をこわばらせた半狂乱の母が娘を捜して、ハイヒールの音を響かせ石段を駆けおりてきた。完璧《かんぺき》な化粧の下でも頬が上気しているのがわかった。実年齢より十歳近く若い女性として充分通用した母も、そのときは三十四歳という年齢を見せつけていた。

〝ママ、大丈夫？〟レイチェルは心配そうに尋ねた。

母はいらだたしげな音をたてた。〝ヴィートが来て、いつもの騒ぎを起こしたのよ！当然エンリコは腹を立てたわ。そのせいで、ちょっとややこしいことになって〟

〝ヴィートって誰？〟母が誰のことを言っているのか、だいたい察しはついていた。

〝エンリコの息子よ。母親がいわゆる神経発作とやらを起こして、アルプスの山荘に出かけたんですって。それを父親に言うために、わざわざ来たのよ。エンリコがあわてて奥さんのあとを追うと、ヴィートは本気で思ったのかしら？エンリコはここに来てまだ二日なのよ。父親がどんなに精力的に働いているか、ヴィートには全然わかっていないんだわ！あの子にわかっているのは、お金の使い方と、ローマでの放蕩生活《ドルチェ・ヴィータ》だけ！生まれついてのラテン男、プレイボーイなんだから！〟ふいに母の目が鋭く光った。〝あなた、ヴィートに会ったの？わたしたちが帰ってくる前に〟

レイチェルは頬が赤らむのを感じた。〝彼は……プールのそばを通りすぎただけよ〟

〝まあ、どっちにしても、もう戻ってこないわ。しょっちゅう失神するお母さんの手を握りに行ったから。彼女のことで騒ぎを起こすなんて、まったくばかばかしい!〟

母の声にこめられていたのは自己弁護だったのだろうか、それとも単なる非難? なんだったにしろ、母の言葉を聞いてレイチェルは、何万キロも離れたところに行きたくなった。

その思いはイタリアに滞在中ずっと続いた。だから、小さなプライベートビーチに下りて泳いだり、プールサイドで本を読みながら日光浴をしたりして、できるだけヴィラから離れたところにいるようにした。

母とエンリコは一緒にいられる時間をだいたい外で過ごしているらしく、これはありがたかった。母と一緒にいるとき同様、エンリコがそばにいると気づまりだったから。彼は近寄りがたい雰囲気の中年男性で、体つきはがっしりとして、家全体が彼を中心にまわっている、そんなタイプだった。

二人が一緒のところを見るのはいやだった。それまでは、母とエンリコの関係を受け入れていたのに。

二人の関係は六年以上続いていた。ブライトンでの会議に出席中のエンリコ・ファルネステが、愛人にみやげを買うため、母が営んでいたレーンズの高級ブティックにぶらりと立ち寄り、自分にとってアーリーン・グレアムのほうが愛人にふさわしいと考えた、そのとき以来だ。レイチェルはあっさり追い払われた。最初は母の年老いた叔母ジーンのところ、それから贅沢《ぜいたく》な寄宿学校へと。母はエンリコにさっさとイタリアへ連れていかれた。

母が巨大企業ファルネステ産業総帥の愛人になったことは、レイチェルも知っていた。豪奢《ごうしゃ》なヴィラに住んでヨットで休日を過ごすという、きらびやかな世界に入ったことを。贅沢な寄宿学校に入れたのも、大叔母のジーンが公営フラットではなく、ブライトン郊外のこぢんまりとした一軒家に住んでいられるのも、学校の休みごとに母とロンドンで過ごせるのも、エンリコ・ファルネステがホテル代を支払い、母に小遣いを渡してくれるからだ。

彼との関係が変則的でも、母は冷静だった。

〝こちらでは、こういう関係に理解があるのよ〟母はさわやかな声で言った。下層階級特有の単調な発音はすっかり影をひそめ、高等教育を受けた娘と同じくらいきちんとした英語を話した。〝カトリックの国では、決して離婚できないから、殿方は結婚を続けるしかないの。こういう関係は完全に許容されていて、誰もとやかく言わないわ。ちょうど、あなたのパパとわたしが結婚していなかったことを誰もなんとも思わないみたいにね〟

あまりにも確信に満ちた言い方だったので、レイチェルは母を信じた。

エンリコの息子が悪意に満ちた不用意な言葉でその幻想を打ち砕くまでは。彼の言葉は真実であると同時に、醜かった。

神にとって、あれは充分な警告だったの？

だが、そうではなかった。

言葉の醜さは、それを言った男性の美しさを忘れさせるほどではなかった。あの日以来、レイチェルは恥ずかしい秘密を隠してきた。現実であれ、スクリーン上であれ、自分の前に現れるすべての男性を、思春期の心のなかでヴィート・ファルネステと比較してしまうという秘密を。それから何年もたち、学校の行事や勉強が優位を占めるようになっても、胸の奥の暗い部分でレイチェルは自覚していた。イタリアの明るい太陽によって網膜に焼きつけられた彼のイメージを消し去ることはできない、と。しなやかに優雅な身のこなしで石段を下りてきた彼は、浅黒く美しい神のようだった。

レイチェルにとってヴィート・ファルネステは罪深い秘密であり、人にしゃべったことはない。

その秘密のおかげで手痛いつけを払うことになった。いまだに払っている。今では悪夢となった夢のなかで。

「冗談じゃない」

ヴィートはデスクの引き出しから小切手帳をとりだし、金色のペンのキャップをとった。

「現金は、きみやアーリーンのような女のための通貨だ。だがぼくから金を搾りとろうとは、夢にも考えるな。きみはエメラルドとひきかえに百万ユーロ受けとることができる。それ以上はいっさい支払わない。受けとるか断るかは、きみの自由だ」

ヴィートは小切手に記入を始めた。

「断るわ」

レイチェルの声は落ち着いていた。

ヴィートは手を止めず、書きつづけている。

「聞こえなかったの？」

彼はひどく皮肉っぽい表情で目を上げた。「つまらない冗談は聞こえた」

サインしおわるとヴィートはページをちぎり、デスク越しにレイチェルのほうに押した。

「今日から三日後の日付だ。明日エメラルドを持ってきてくれ。そうすれば換金できる」

レイチェルは小切手には目もくれず、厳しい声で言った。「冗談なんかじゃないわ。もしエメラルドをとり返したいのなら、わたしと結婚するのね。受け入れるか断るかは、あなたの自由よ」

ヴィートはゆっくり慎重にペンを置いた。それから同じく、ゆっくり慎重に身を乗りだした。

「きみを妻にするくらいなら、ひきがえるを妻にしたほうがましだ」

鈍い赤みがレイチェルの頬に広がった。「本当の結婚をしようと言ってるんじゃないの。ただ、限られた期間、あなたの結婚指輪をこの指にはめたいだけよ」

苦しみが襲い、慣れているはずだったのにとても慣れることなどできそうもない痛みがレイチェルを突き刺す。

「六カ月、それ以上は頼まないわ」

耐えがたいほどの緊張に喉が押しつぶされ、ほとんど声も出ない。ふたたび苦痛が襲った。

レイチェルはヴィートを見下ろし、彼の冷たく平然とした視線に同じ視線で対抗しようとした。

「答えはすでに言った。きみは自分に都合のいいことしか聞こうとしないのか？　いったいどんな状況で、ぼくがきみと結婚すると思うんだ？」

「あなたがわたしをどう思っているか、よくわかっているわ。わざわざ言わなくても」

「それを知っていてここに来たのなら、ますます正気を疑うね。あのひどいきみの母親が絶対に盗むべきではなかったものを、あえてぼくに買い戻させようとするとは」

「母をそんなふうに言うのはやめて！」

「欲深いきみの母親は貪欲《どんよく》な爪で父をつかまえて放さず、ぼくの母を絶え間ない不幸に陥れた！」

彼の言葉、彼の声がナイフのように胸を切り裂く。レイチェルは目を閉じた。否定も反論もできない。それでも、母をそんなふうにそしられるのは我慢ならなかった。最後に見た母の姿が脳裏に焼きついている。それを消そうとレイチェルは目を開けた。だが、母の姿がもたらす苦悩までは消すことができなかった。

レイチェルはさっと手を上げ、激しく振りまわした。全身を貫く感情の渦を振り払うかのように。そして感情を抑え、この会話が本題からそれないよう、ビジネスのレベル以上に発展しないよう、必死で自分に言い聞かせた。そうすれば、ヴィートもわたしも欲しいものを手に入れられる。

「そんなことは関係ないわ。論点はただひとつ、あなたがファルネステ家のエメラルドをとり戻したいかどうかよ。もちろん、わたしが今提示した条件でね。あなたの結婚指輪を数カ月間つけたい、それだけ。わたしたちの結婚式の日に、あなたは大切なエメラルドをとり戻せる。お金は関係ないわ」最後の言葉をレイチェルは吐き捨てるように言った。

ヴィートがにらみつけている。その表情は読みとれない。すると、急にレイチェルを見るヴィートの表情がはるかに険しくなった。怒りで目が曇り、軽蔑で顔が冷ややかだったときよりも。

「なぜだ?」口調は静かだが、声には優しさのかけらもなく、不安をあおる脅しの陽炎《かげろう》だけが揺らめいている。「なぜだ?」

ヴィートは重役用椅子の柔らかい革に肩をうずめた。目は片時もレイチェルの顔から離れない。

レイチェルは不安そうに身じろぎした。いったいどうしたの? どうしてわたしをこんなふうに見つめるの?

レイチェルは顎を引いた。

「なぜって、何が? エメラルドの代償にお金を欲しがらないこと?」

「いや、たとえ十億分の一秒でも、なぜぼくがきみの……申し込みを受けると思ったか、だ」

「それは」怒りに歯ぎしりしながらレイチェルは答えた。「あなたがエメラルドをとり返したがっていて、これがエメラルドをとり返す唯一の方法だからよ」

ヴィートの目に何かが光った。彼はいきなり立ちあがり、両手を上げた。

「もうたくさん《バスタ》だ! ばかばかしいにもほどがある。エメラルドを金で買い戻す気はあっても、こんな茶番に時間を浪費する気はない。だから、小切手を受けとるか、ここから出ていくか、どっちかにするんだ！」

　ヴィートの怒りにレイチェルは動揺した。「わたしがここを出ていけば、大事なエメラルドは永遠に戻らないのよ」どなりつけるつもりだったのに、出てきた声は震えていた。

「永遠に、とは大きく出たものだ。いつかきみはそいつを売り払い、そこで価値に気がつくさ。だから、ぼくに売ってくれなくても全然かまわない。きみが売った相手から買うまでだ」

「母は絶対に売らないわ」それを手に入れた勝利の喜びにほほ笑みながら、さも満足そうに緑色の宝石を指のあいだから落としていた母の姿が脳裏をよぎった。「絶対にね！」

「なら、彼女と一緒に墓に葬るんだな！」

「ひどいわ」

「ひどいのはきみだ。忘れたのか？」

　その言葉はレイチェルにとどめを刺した。それも完璧に。

　感覚が麻痺《まひ》したような状態で彼に背を向け、急に百メートルも先にある気がしてきた両開きの扉に向かって歩きだす。走って逃げたい衝動にかられたが、扉の前まで来て、ようやく少し勇気が戻り、レイチェルは扉の取っ手をつかんで体を支えた。

　そして振り向いた。なんの表情も浮かべずに。

「地獄で朽ちはてるがいいわ、ヴィート・ファルネステ！」

　すばやく扉を引き開けて外に出ると、膝が萎《な》えそうになる前になんとかエレベーターに乗りこみ、ぐったりと壁にもたれた。

　エレベーターが下降するにつれ、レイチェルの心も沈んでいった。

　計画は台なしだ。無謀で、愚かで、常軌を逸した思いつきは、無惨なほど完璧に失敗した。

絶望が全身を覆う。不幸への水門がふたたび開き、レイチェルをのみこんだ。

会長室で、ヴィートは顔をこわばらせ、しばし立ちつくしていた。胸が張り裂けそうなほど激しい怒りに襲われる。彼はそれを不屈の精神で抑えた。

ここに来るとはずうずうしいにもほどがある。しかもこの部屋に入りこみ、もともとぼくのものだったエメラルドを返す条件を、冷ややかに、かつ横柄に突きつけてきたとは。

それもあんな条件を……。

信じがたいほどの怒りに彼は顔をしかめた。

あんな要求に、ぼくが多少なりとも考慮を払うと思ったのか？　彼女は本当に、それほど常軌を逸しているのだろうか？　強欲なアーリーン・グレアムの爪をファルネステ家の金庫からようやく引きはがして三年後、ふいにどこからともなく現れ、盗まれたファルネステ家のエメラルドに対する代価の支払いを、ぼくが受け入れるのは言うまでもなく、実際に支払うだろうと考えたとは。

ともかく、彼女はどんなむさくるしい穴から這《は》いだしてきたんだ？　それにどうして今なんだ？　母親との生活が苦しいのだろうか？　父の死後、ぼくが厄介払いしたとき、アーリーン・グレアムは最低限の戦利品を持ちだした。ようやくイタリアから追い払ったことがうれしくて、ぼくは目をつぶった。ただし、アーリーンがまんまと持ちだしたある品だけは、それをとり戻すために役立たずの弁護士を束にして送りこんだが。結局、彼女がどこへ行ったかはわからずじまいだった。ほかにパトロンを見つけたとしたら、驚きだ。すでに若さを失い、彼女の市場価値はほとんど皆無なのだから。

それとも、娘を同じ仕事につかせたのだろうか？

ベッドをともにする代わりに、金持ちの男から搾りとる仕事に。たしかに、レイチェルは金持ちの男が買い与えるような服装をしていた……。

そう考えたとき、何かが胸を刺した。だがほんの一瞬だったので、ヴィートはすぐに忘れた。そして反射的に内線電話で秘書に命じていた。

「今ここを出ていった女性だが、あとをつけさせてくれ」

3

レイチェルはフラットの鍵《かぎ》をあけ、なかに入った。ヴィート・ファルネステとの出会いの余波で、感情が高ぶり、体が震えている。

数週間前に彼と対決しなければならないと思いはじめたときから、こうなることをずっと恐れていた。でも、予想していたよりはるかに悪い結末だ。

ベッドに倒れこむと、体の重みでベッドが無気味にきしんだ。今借りているワンルーム・フラットの不快な状況に関心はない。気にするのはもうやめた。緑豊かなロンドン郊外のヴィクトリア朝様式の建物、その小さくても内装の美しい寝室がひと部屋のフラットを懐かしむことはあっても、売却を惜しむ気はまったくない。あれは手放さなければならなかった。だから手放した。それだけのことだ。

今関心があるのはたったひとつ。おかげでこの五週間、不安で落ち着かない日々を過ごしてきた。ヴィート・ファルネステと結婚すること。

自分自身、成功のチャンスが少しでもあると信じていたのだろうか？　あんなまねをするくらいなら、エヴェレストに登るほうがましだった。ぼんやりと宙を見ていると、あの耐えがたい瞬間が脳裏によみがえってくる。

すべてが無駄だった。情けないほどいまいましい結果に終わった。ばかばかしく見込みのない滑稽《こっけい》な計画。どうして成功すると思ったのだろう。たとえエメラルドをとり戻すためとはいえ、ヴィート・フアルネステがあんな申し込みに同意しようと思うはずはないし、どんな形にしろ、わたしと結婚式を挙げるという非常識でとっぴな条件に賛成するはずがないのに。

でも必死だったのだ。

何かせずにはいられないほど必死だった。母を幸せにするために。

苦悩が全身をむしばむ。巨大なプールからあふれ出た水のように襲いかかり、それを阻止するのは不可能だ。最近では阻止しようとさえ思わない。そんなことをしてもなんの効果もない。また襲ってくるだけだ。何度も何度も。

レイチェルはハンドバッグから携帯電話をとりだし、暗記している番号を押した。そして出てきた相手に自動的に言った。

「もしもし、アーリーン・グレアムの娘ですが、母はどんな様子でしょうか？」

記録がチェックされ、いつもの用心深く当たりさわりのない返事が聞こえた。レイチェルはうなずき、礼を言って電話を切った。

安定しています。変化はありません。予想どおりです。苦痛はありません。

おなじみの決まり文句が繰り返される。だが、どの言葉も真実は隠せない。

母の死が近いことを。

憂鬱《ゆううつ》な気分が胸を圧し、狭い部屋を動きまわる動作は緩慢でぎこちなかった。衣装だんす代わりにカーテンで仕切った一角で、レイチェルは高価なスーツを慎重に脱ぎ、しわを伸ばした。

それにしても苦々しい。少ない所持金をこんな無意味なものに浪費する代わりに、楽しいことのために節約しておけばよかった。

どんな服を着ていようと、どんな条件であろうと、わたしを妻にするのは彼にとって不愉快きわまりないことだというのに。

冗談じゃない、と彼はあざけった。そのとおりだ。

レイチェルは哀れな空想にふけり、あのばかげた計画を進めるのにファルネステ家のエメラルドは充分な動機になるだろうと考えた。

愚かな空想をこなごなに打ち砕いた彼の侮蔑《ぶべつ》的な怒りの言葉が、またもや脳裏によみがえる。

いったい何度下劣な言葉をかけられれば、ヴィート・ファルネステのことを学ぶの。

賢明であれば、十四歳のときに投げつけられた最初の言葉で、彼から屈辱を受けるのは最後になっていたはず。そして、もっと世間を知っていたら、二度までもなんの証拠もなしに彼を好意的に解釈するなど、決してしなかっただろう。

あのときわたしは十八歳。

とても危険な年齢。夢多き年齢。

そして、信じられないほど美しい年齢だった。

夏学期の試験が終わり、最終学年の生徒は学校から二週間の休暇が与えられた。クラスメイトのジェニーとザーラが、ローマで二週間過ごしましょうよとレイチェルを誘った。ジェニーの父親の会社が所有するアパートメントがあるからと。レイチェルは不安にかられた。学年でも年長に属しているとはいえ、世間知らずを自覚していたから。それでも、やはり胸が躍った。

とりあえず、母には言わなかった。最後に受けとった葉書によれば、エンリコのヨットで彼とリヴィエラ沖をクルージング中だった。

厳格な寄宿学校の模範生徒として過ごしたあのころ、変化を求めるレイチェルの気持ちはつのり、勉強、スポーツ、音楽のレッスン以上の何かを望んでいた。刺激へのあこがれ。冒険心。

そしてロマンス。

記憶が走馬灯のようによみがえり、冷たいものが背筋を這《は》う。

もしローマに行っていなかったら。もし到着した夜パーティに出なかったら。もしヴィートが出席していなかったら。

だが実際はローマへ行き、パーティに出た。運の悪いことに、ヴィート・ファルネステもそのパーティに出席していた。そして彼は、愚かでだまされやすい十八歳の少女があっさりと手渡したチャンスを、最大限に利用したのだ。

十八歳。無防備な年齢。

そんな年齢では、ヴィートに対抗するどんな自衛手段もなかった。

レイチェルはすぐにヴィートだと気づき、凍りついた。ところが奇跡的に、彼のほうは気づきもしなかった。四年のあいだに、彼が一瞥《いちべつ》しただけで冷酷にも忘れ去った不格好な水着姿の十四歳とはすっかり変わってしまったことは、自分でもわかっていた。おまけにそのときも、母の姓ではなく父の姓を名乗っていた。そもそも、ヴィートがレイチェルという名前を知っていたかどうかさえ定かでない。自分があのときの娘だということを彼に言うべきか迷っているうちに、夜が更け、とても今さら名乗れないと悟った。四年前と同じように、残酷に退けられるのは耐えられなかったから。

　パーティが荒れてきたころ、ヴィートはレイチェルを会場から連れだし、パワーのあるイタリア製高級オープンカーに乗せて夜の街を走りまわった。彼女は永遠の都ローマの美しさに酔いしれ、そんな時間でも観光客があふれるスペイン階段、それからコルソ通り、パンテオンにわれを忘れた。車は光り輝く白いウエディングケーキのようなヴィットリオ・エマヌエレ二世記念堂に沿って走り、おなじみのフォロ・ロマーノ、無気味で畏怖《いふ》の念をかきたてるコロッセオのそばを通りすぎた。

　しかし、レイチェルをとりこにしたのはローマだけではなかった。彼女の貪欲《どんよく》なまなざしは同じくらいヴィート・ファルネスティに向けられた。空想のなかの人物が具現化し、今ここに、それもすぐ隣の運転席にいることが信じられなかった。

　深夜過ぎに、ようやくアパートメントの前で車から降ろされたとき、ヴィートにもう一度会えるとは夢にも思っていなかった。だが翌日の朝食後、彼は現れ、昼間のローマを見せようとふたたびレイチェルを誘った。

　ヴィートを独り占めした、優雅できらびやかな夢のようにすばらしい二週間。レイチェルは温かい日差しを浴びた花になったような気分だった。ローマや、なだらかに起伏する美しい夏の観光地ラツィオの、松林や涼しげな湖、海岸などを案内されているとき、地面から一メートルも体が浮きあがっている気がした。

　見るものすべてに魔法がかけられていた。畏敬の念に打たれ、背筋をぞくぞくさせながら、システィーナ礼拝堂のミケランジェロの天井画を見つめ、ボルゲーゼ公園の木陰の道をそぞろ歩き、遊んでいる子供たちを眺め、彼らが必死でこぐゴーカートを避けた。荘厳なトレヴィの泉で、後ろを向いて肩越しにコインを投げるとまたローマに来ることができるという、観光客が避けて通れない儀式も経験した。向きを変えると、ヴィートが肩に腕をまわし、泉の縁に群がり押しあっている観光客のなかから連れだしてくれた。あちこちでカメラのフラッシュが光り、ガイドの説明が交錯し、さまざまな言語が飛び交っていた。

肩にまわされた彼の腕の感触が失神しそうなほどうれしかった。ヴィートが近くのアイスクリーム屋に立ち寄ったとき、あまりの種類の多さに決めかねた。それから二人はジェラートを手に、ぶらぶらとコルソ通りに戻り、にぎやかなそのショッピング街を横断して歴史的市街区《チェントロ・ストーリコ》に入り、荘厳なパンテオンにぶつかった。

ヴィートはほほ笑みかけたり、一緒に笑ったりしながら、ローマの観光スポットや、歴史的エピソード、最近の噂《うわさ》話など、いろいろな話をしてくれた。レイチェルはうっとりと聞きほれた。

何も見えていなかった。彼が何をしようとしているか、まったく気づいていなかった。

当然気づくべき手がかりはあった。今にして思えば、実に明白で強力な手がかりが。だが、あのときはわからなかった。何しろ、愚かで経験に欠ける哀れな十八歳だったから。

一緒にいるあいだ、ヴィートはほとんど彼女に触れようとしなかった。トレヴィの泉で肩に手をまわしたとき、あるいはアイスクリームを手渡してくれたとき、そしてフォロ・ロマーノで何かを指さしたとき、偶然にも彼の手が触れたものの、それ以上のことは何もなかった。

あの運命の夜までは。

あの夜、ローマで過ごした最後の夜、古い広場の一角でコーヒーを飲んだあと、ヴィートはいつものようにジェニーの父親のアパートメントには送っていかず、美しい十八世紀の建物に連れていった。それが壮麗なバロック様式のファルネステ家のアパートメントだった。

ヴィートはそこで、恋に慣れたイタリア男の究極の手練手管を駆使して彼女を誘惑した。

誘惑はいとも簡単だった。レイチェルは天にも昇る思いで胸をときめかせて彼の腕に、それからベッドに身を投げた。しかも嬉々《きき》として。ヴィートのキスにうっとりと唇が開き、弱々しい抵抗はあえなく力を失った。

だが、ヴィート・ファルネステに抵抗できる十八歳の娘がいるだろうか？ 引きしまったたくましい体、ハンサムで彫りの深い顔、漆黒の髪、長いまつげに縁どられた目、そしてキスの巧みな罪深い唇。

喜びに満ちあふれた二週間で、どうすることもできないほどあっさりと恋に落ちたレイチェルにとって、自分自身を彼にさしだすのは、敬意を表す行為、愛情を示す行為だった。ヴィートの甘い愛撫《あいぶ》が、存在することさえ知らなかった天国への扉を開いたとき、レイチェルは彼にしがみついた。

そして翌朝、ヴィートは彼女を地獄の底に突き落とした。

ヴィートによって天国への門を通過したあと、生まれたままの姿で彼に抱かれて目覚めたレイチェルは、めくるめく幸せを感じながら、大きなベッドに横たわっていた。そのとき、玄関のドアが開く音と人の声が聞こえてきた。ヴィートがふいに体をこわばらせるのを感じて、レイチェルは激しい恐怖に襲われた。やがて、はてしない悪夢のようにゆっくりと寝室のドアが開き、アーリーンが入ってきた。

母は閉めきったカーテンに顔をしかめ、ベッドに横たわる男女に視線を向けた。

その瞬間、恐怖におののいた母の顔がすべてを物語っていた。

アーリーンは叫び声をあげた。猛《たけ》り狂う怒りの叫び声を。いったい何事かとエンリコが部屋に飛びこんできた。レイチェルはシーツで肌を覆い、死ぬほどの恥ずかしさに身を縮めた。

母が顔をゆがめ、イタリア語でヴィートをどなりつけた。エンリコの手が腹立たしげに宙を切る。

ヴィートは冷ややかな顔でベッドを下りた。一糸まとわぬ姿を気にしている様子もない。ズボンをはき、不遜《ふそん》な態度で平然とファスナーを上げた。

そしてアーリーンのほうを向いた。

〝ぼくが誘惑しただって？〟緊張した厳しい声だが、レイチェルにも理解できるよう、ヴィートは英語ではっきりと言った。〝とんでもない。あんたの娘がそれを待ち望んでいたというのに〟

彼の薄汚れた醜い言葉の数々が胸を刺した。そのときレイチェルは、ヴィート・ファルネステがこの二週間彼女にしてきたことの意味を苦い思いでようやく悟った。

ただひとつの目的のために、彼は冷酷にも、世間知らずでうぶな〝それを待ち望んでいた〟十八歳の少女をベッドに連れこんだ。

そして純潔を奪った。

そうすることによって、心の底から忌み嫌う女を打ちのめすために。

ヴィートとエンリコが去ったあとのぞっとするような雰囲気のなか、母が投げつけた言葉が鞭《むち》のように彼女を打った。

〝なんてばかなの、レイチェル！ 彼が何をしようとしているか、わからなかったの？ ヴィート・フアルネステのような男が、十八歳の女子高生に興味を持つなんておかしいと、これっぽっちも思わなかったの？　ヴィートは、スーパーモデルや映画スター以外の女性に大事な時間を浪費したりしないわ。彼は女性を思いどおりにできる男よ！　その栄誉にあずかろうと、女性が列をなしているのよ！　彼はそういう男だと、どうしてわからなかったの？　あなたなんかに関心を持つはずがないのに、それがわからないの？〟

母は娘の肩をつかんで揺すった。

〝あの男は、わたしにいやがらせをするために、あなたをベッドに連れこんだのよ！　わたしにとってあなたがどんなに大事か、知っているから。彼はわたしをばい菌のように嫌っているわ。わたしをいじめるためなら、なんでもするでしょうよ！〟

なんでも。面白くもない未体験の高校生とセックスをすることさえ。

それを待ち望んでいた高校生……。

もう考えるのはやめよう。

七年前のことも、二時間前のことも。

それにしても、どうして彼に結婚を頼みに行ったりしたの？　どうして？

試してみるしかなかったからよ！

今日の午後、彼と対峙《たいじ》するようかりたてられたのは、やむにやまれぬ思いからだった。その思いはあまりにも強く、試すだけは試そうという使命感から逃れられなかった。ひとつずつでも耐えがたい二つの感情、深い悲しみと自責の念が胸のなかでからみあい、恐ろしい、抵抗不能な命令になった。

母は死に瀕《ひん》している。肉体を打ちのめし食いつくす細胞によって、顔も体もぼろぼろにされ、病院のベッドに横たわっている。癌《がん》の進行は速く、非常に強い抗癌剤や放射線治療が必要だったので、母が命をかけた闘いに負けそうになっていることは、医師の言葉を待つまでもなくわかった。やつれて青ざめた母の顔が、脳裏にまざまざと浮かびあがる。かつてはあんなに美しく完璧《かんぺき》だった顔が、今では苦悩と病に見る影もない。レイチェルの深い悲しみには、苦い罪の意識が伴っていた。

ヴィートの母親が忌み嫌うライバルを懲らしめる武器として、彼に利用された十八歳のときの忌まわしい経験以来、何年間も彼女はほとんど母に会わず、自分の殻に閉じこもってきた。

アーリーンは、ヴィートをレイチェルと結婚させるよう、エンリコに激しく迫った。それを思うと胸がつまる。わが子が純潔を奪われて面目を失い、結婚指輪という逃げ場もないまま、一生を台なしにされた中世の娘のように思えたのだろう。

当然ながら、エンリコは断り、怒り狂う愛人の要求になど耳を貸さなかった。ヴィートは、軽蔑とあざけりのこもった笑い声をますます高めた。婚外子であるアーリーンの娘が純潔を失ったところで、二人には痛くもかゆくもなかったのだ。レイチェルにとっては、ヴィートの態度よりも母のわめき散らす言葉のほうがずっと屈辱的だった。それが母にはわからなかったのだろうか？

母は、それが娘にとってどんなに絶望的で屈辱的でも、ヴィートは自分がたぶらかした相手と結婚するべきだと思いこんでいた。

結局、レイチェルはイギリスへ逃げ帰り、学校に戻る代わりに、母とほとんど連絡がとだえていた大叔母のもとへ行った。だが、大叔母のつましい生活ぶりが肌に合わず、ブライトンのカフェでウエイトレスの仕事を見つけた。これからは財政的に母から独立しようと心に誓って。それはエンリコ・ファルネステからの独立も意味していた。

母との関係をどうしても断ちたかった理由はほか

にもあった。

あの記憶から気持ちをそらしたかったのだ。あまりにも悲しい記憶だから。

これ以上悲しい思いをしたくないから。

今は暮らしていけるだけのお金がある。それとともに罪の意識も芽生えた。

罪の意識とは、なんと強力で浸食性の強い感情だろうか。酸のように人生をむしばみ、悲しみを強調してつのらせる。そしてついには、悲しみと罪の意識が我慢の限界を超え、激しく異常な行動にかりたてるのだ。

ヴィート・ファルネステに結婚を迫るような行動に。

母を安らかに逝《い》かせたい一心で。

母を自分の人生から締めだすことに罪悪感はなかった。どうして感じる必要があるだろう。母はエンリコ・ファルネステの愛人として優雅に暮らしていた。レイチェルは十代特有の潔癖さで、エンリコと母の関係には、いやらしさをやわらげる愛情もなければ、良心の呵《か》責《しゃく》もないと思いこんでいた。エンリコの妻がまだ生きていることや、母がほかの女性の裕福な夫の囲われ者として贅沢《ぜいたく》三昧《ざんまい》に暮らしていることを、二人ともまったく気にしていない、と思いこんでいたのだ。

なんと母を誤解していたのだろう。

気づいたときには手遅れだった。

母が不治の病にかかって、やっと気づくとは。

そのとき初めて、母を今までと違う観点から見られるようになった。

〝すべてあなたのためよ、わたしの大事な娘のためだったの〟

強力な鎮痛剤で意識がもうろうとするなか、娘が生まれてからずっと自らに課してきた感情的無関心をようやく脱ぎ捨て、母はささやいた。

〝あなたには、わたしより多くのものを手に入れてほしかった。あなたの父親は子供を認知せず、わたしを見下したわ。わたしのことを粗末な公営フラットに住む娼婦《しょうふ》で、セックス相手にはいいけど、それだけだと思っていた。わたしは彼を憎んだ。だからあなたには、彼や彼の大事な家族が決してばかにできないような人間になってほしかったの。最高の教育を受けて、彼が住む世界の人たちと交流を持ってほしかった。あなたに父親の姓を名乗らせたのはそのためよ。たとえそれを出生証明書に記載できなくても〟

苦々しい口調で母は続けた。

〝わたしが彼に損害賠償を要求したり、彼の大事な財産を請求したりしないことを、あの人は知っていたのね。彼はわたしたち親子との関係を否定したわ。あの人が自分の運転する車を大破させて死んだとき、どんなにうれしかったか。あなたやわたしにしたことへの罰が当たったのよ。彼はあなたの父親であることを拒み、結婚するに値しない女だと、わたしをあざ笑ったわ〟

母はレイチェルの手を握りしめた。その目に苦悩をみなぎらせて。

〝どうしてわたしはまったく結婚に値しない女だったの？　どうしてセックス相手としての価値しかなかったの？　エンリコはわたしを愛人以外の何かにしたいとは思わなかった。ただの一度も。わたしはセックスの対象、それだけだった〟

息をするごとに母の喉がぜいぜいと鳴り、胸が大きく上下した。

〝わたしはエンリコを心から愛していたけど、彼は愛を返してくれなかったわ。絶対にね！　わたしは単なる愛人、それだけ。だから自分の気持ちを決して見せないようにしたわ。わたしが感情を表しすぎると言って、彼はうるさがったから。奥さんとの離婚を迫っていると思ったんでしょう。でも、彼が絶対に離婚しないことはわかっていた。彼も奥さんもカトリックだったからじゃないわ。たとえ独身でも、エンリコはわたしと結婚する気はなかったはずよ。わたしは単なる愛人でしかないんだから〟

やつれて小さくなった顔のなかで見開いた目だけは大きく、母は痩《や》せ細った体で白いシーツに横たわっていた。そしてレイチェルの手を握りしめ、低く苦しげな声で語りかけた。

〝あなたには結婚に値する女になってほしいの。男が結婚し、妻にするような女、セックス相手以上の女にね。ヴィートがあなたを誘惑したとき、わたしは死にそうだった。彼はあなたをだまして、利用し、エンリコがわたしにさせたことを、あなたにさせようとした……〟

疲労と敗北感のにじんだ顔で母は目を閉じた。

〝夢を見たことがあるの。あまりにも生々しかったから、あれは現実の出来事だったかと、ときどき思ったくらい。父親と違って、ヴィートがあなたと結婚する夢だった。あなたは花嫁、ファルネステ家の花嫁、そして首にファルネステ家のエメラルドをつけていたわ〟

母がぱっと目を開けた。その目は熱っぽく、妙にきらきらしていた。

〝あれを彼の部屋から持ちだしたのは、そのためよ。あのエメラルドはローマのアパートメントにあったの。ヴィートがあなたを連れこんだアパートメントよ。わたしみたいに、あなたをセックス相手に都合がいいだけの女にするつもりでね。エンリコが心臓発作で倒れたとき、わたし、その場にいたのに、救急車で運ばれてから、二度と会わせてもらえなかった。わたしを病室に入れないよう、ヴィートが命じたの。別れを言うことさえ許されなかった。そして、ヴィートにローマのアパートメントからほうりだされたわ〟

　母はそこでひと呼吸置いた。

〝だから別荘《ヴィラ》に戻ったの。エンリコがどうなったか、心配でたまらなかった。病院に電話しても、誰も教えてくれなくて。ヴィートが教えないように命じていたのね。三日後、黒い警備の車が来て、わたしはヴィラからも追いだされたわ。息子と最愛の妻に看《み》とられ、エンリコが前日ローマで死去した、と新聞が報じたのは、その日だった。なのに最愛の愛人だったわたしは何も知らなかった。ヴィートがわたしをヴィラから追いだして、エンリコとの生活で手にしたものをすべて奪い去ったときに、初めてエンリコの死を知ったの〟

　母はまた苦しそうにぜいぜいと息を吸った。レイチェルは母の手を握り、胸が張り裂けそうな思いで話に耳を傾けた。

〝でもヴィートは、わたしがヴィラを追いだされたときにあのエメラルドも持ちだしたことに、気づいていなかった。あれはあなたのものよ、ダーリン。あなたのものなのよ！　あなたがファルネステ家の花嫁になるときにつけなさい〟

　レイチェルは優しく、慎重に反論を試みた。けれど、モルヒネでもうろうとした母の頭は、別の現実を作りだしていた。最後の必死の願いがそうさせたのだ。それがどんなに見込みがなく、絶望的な願いだとしても。

〝それだけがわたしの願いなの〟長いあいだ抑えつけ、押し殺し、隠しつづけてきた愛を大きな目にみなぎらせて母はささやいた。〝あなたがヴィートの花嫁になるところが見られたら、もう思い残すことはないわ……〟

　レイチェルの目に涙がこみあげてきた。

　たとえ母の命が尽きるまでのごく短い期間でも、この指に結婚指輪をはめるようヴィートに強制できると思うとは、たぶんどうかしていたのだ。それでも、今日の午後あれほど惨めに失敗したとはいえ、あの試みは正しかったと思っている。死に瀕した母の願いが叶《かな》うよう、とにかく試してみないことには、安心して眠ることもできなかっただろう。

レイチェルにとって今いちばん大切なのは、母に残されたわずかな時間、それだけだった。自分のことはどうでもよかった。

レイチェルが母の見舞いから帰宅するころ、十一月の夜はわびしく寒々としていた。見舞いはいつもつらいけれど、母の見込みのない願いを実現させようという試練にも似た試みに耐えた今日はなおさらだった。母はいつにも増して弱々しく見え、看護師のひとりが聞くに堪えない恐ろしい言葉をつい口にしたのだ。

ホスピス。

二人でともに過ごせる時間はもうわずかしかない。これまでどんなに無駄にしてきたことか。寄宿学校に追いやられた理由や、成長期にめったに会えなかった理由を知った今でさえ、それがどうしようもなくつらい。

〝ママとあまりかかわってほしくなかったの！　わたしとエンリコの関係に、あなたが傷つくのがいやだったから。それに、あの好色なヴィートをあなたに近づけたくなかったの〟

レイチェルは思い出を断ち切った。数年ぶりにヴィートを見た記憶が生々しい今、つらさは十倍も激しく、神経をすり減らす。娘をヴィート・ファルネステから引き離していた母は正しかった……。

頭でそう考えているときでさえ、別の感情がふと顔を出す。

ほんの数時間前にヴィートと再会したことは苦痛であり、無上の喜びだった。

彼は変わっていなかった。これからも変わらないだろう。

この世でいちばん美しい男性。

母の病に対する激しい苦悩を突き抜け、別の感情がわきあがった。

今ではそれが何かわかっている。十八歳のころは、名前も、それが存在することさえ知らなかった。二十五歳になった今ならわかる。

欲望。

彼の引きしまったたくましい体の感触を味わいたくて、自分自身の体を押しつけ、美しく罪深い唇に手をさしのべずにはいられない気持ちにさせる男性への欲望……。

彼には昔から嫌われている。なのに、どうして彼が欲しいの？　なんて恥ずかしくて、情けなくて、許せないことを考えるの！

そう自分に言い聞かせても、理解することと、無意識にわき出る思いはまったく別だ。

胸の悪くなるような欲望が体を貫き、彼女を恥じ入らせる。

レイチェルはあえてそれを無視した。ヴィート・ファルネステを目にすることはもう二度とないだろうから。

今日の午後あんな行動に出たのは、母への愛情にかりたてられたからだ。なんの役にも立たない屈辱的な経験だったが、とにかく実行には移した。少なくとも、母の最後の願いを聞き届ける勇気さえふるい起こさなかったと、やましく感じなくてもすむ。どうせうまくいくはずはないとわかっていたし、結果は無惨にも失敗したけれど、とにかく終わった。

打ちひしがれた陰鬱な気分でレイチェルは夕食の支度を始めた。缶詰の豆のトマト煮とトースト。安上がりで簡単だ。ひと口ごとに無理やりのみこんで夕食を終えると、レイチェルはノート型コンピュータを持ってきた。

　高校を卒業していれば間違いなく入学を許可されたはずの名門大学に、レイチェルは通わなかった。その代わり、ウエイトレスの給料で、地方大学の夜間クラスをとった。やがて充分な語学の資格を手に入れ、国際企業のマーケティング部門に職を得た。そして、ロンドンの小さいながらも快適なフラットの頭金を払えるだけの給料を稼げるようになった。そのフラットを売却した金を私立病院の母の治療費にあてている。

　レイチェルは苦笑した。エンリコからたっぷりもらっていたにもかかわらず、母の貯蓄計画はうまくいかなかった。深い悲しみや心の傷、それに怒りが母の心を焼きつくし、蓄えた金などどうでもよくなったのだろう。貯金は今、確実になくなろうとしている。私立病院の治療費は負担が重すぎる。でもかまわない。それで母が残された時間をどうにか快適に過ごせるなら……。

　レイチェルはコンピュータを起動し、仕事にとりかかった。フリーの仕事が見つかったのはありがたい。スペイン語とフランス語のマーケティング文書を翻訳する仕事だ。報酬はよくないけれど、時間の融通がきくので、母とできるだけ時間を過ごすようにしている。それができるあいだは。

　ふいにインターホンの調子外れの音がけたたましく鳴りひびき、レイチェルは手を止めた。不安がよぎる。こんな時間にいったい誰が？　レイチェルはドアに行き、インターホンをとった。

「はい、どなた？」

「ヴィート・ファルネステだ」

4

レイチェルはしばし呆然《ぼうぜん》と立ちつくした。それから、建物の正面玄関のドアを開けるボタンを押した。全身に恐怖の震えが走る。

ヴィートがいったいなんの用だろう？

自分の部屋のドアをおそるおそる開けると、三階まで階段を駆けあがってくる足音が聞こえ、すぐにヴィートが姿を現した。

陰鬱《いんうつ》で険しい表情をしている。レイチェルはよけい心配になった。ファルネステ家のエメラルドがここにあると思い、あっさり力ずくでとりあげるつもりだろうか？

「どうしてここがわかったの？」

「きみが社を出たとき、あとをつけさせた。こんなところに住むのは、ぼくを欺くための冗談か？」

ヴィートはレイチェルを押しのけんばかりにして部屋のなかに入った。鋭く光る目で粗末な狭い室内を見渡し、眉をひそめる。

その目が、呆然と戸口に立ちつくしているレイチェルに向いた。

レイチェルの胸のなかでさまざまな感情が渦巻く。恐怖、ショック、怒り、当惑、そしてそのどれよりもはるかに強い感情も。血がどくどくと流れ、ほかのすべてを圧倒する。

ヴィートはまだビジネススーツ姿だったが、ネクタイは外している。ノーネクタイでも、やはりすてきだ。だが、どういうわけか少しプレイボーイ風に見える。顎にうっすらと伸びた髭《ひげ》のせいかもしれない。

ヴィートはジャケットの裾《すそ》を後ろに押しやり、手を腰に当てて、狭い部屋の中央に立った。

「どうしてこんなみすぼらしい部屋なんだ？　本当にそれほど金に困っているのか？　昼間、ぼくのオフィスにさっそうと入ってきたときは、そう見えなかったが」

当然だ。あのときは、これで精いっぱいと思う装いをしていたのだから。今はその逆で、グレーのスウェットスーツに、化粧っ気のない顔。髪は後ろでひとつにまとめてある。

「わたしの経済状態があなたと関係あるの？」

ヴィートの目が険しくなった。

「きみはぼくが申し出た百万ユーロをにべもなく断ったんだぞ。きみの経済状態がぼくと大いに関係があると思うのは当たり前じゃないか。しかも、あのばかばかしい〝条件〟に関して、一歩も前進していない。だったら、あの金を受けとったほうがいい。そうだろう？　エメラルドはどこにある？」

「銀行よ！　ほかのどこにあると思ったの？」

「どの銀行だ？」

「あなたに教える必要はないわ。エメラルドを売らせるために来たのなら、出ていって！　母は絶対に売らないわよ」

「こんなみすぼらしいところに住んでいるのは、きみがひどく金に困っているからだとしても？　それはともかく、アーリーンはどこにいるんだ？　彼女も破産しているのか？　自分はぼくの父からせしめた金を使いながら、大事な娘はこんなところに住まわせるなんて、考えられない」

レイチェルは表情を閉ざした。

ヴィートに母のことを知られてはならない。もしも憎むべき父親の愛人が罪の報いを受けていることがわかって、彼がわずかなりとも満足げなそぶりを示したら、わたしはこの手で彼を殺す……。

哀れなほど弱々しく無防備な状態にある母を守ら

なければ。母をひどく憎んでいるこの男から、どうしても守らなければ。

「海外よ」レイチェルは嘘《うそ》をついた。「スペインにいるわ。母は暖かいところが好きなの」

「だったら、なぜあのエメラルドを処分してもいいと思うんだ？　実はきみが持っているんだろう」

「そうよ」大胆にもレイチェルは言ってのけた。母が二カ月前、この問題に関する代理委任状を与えてくれたのだ。病状が悪化してそれ以上自分で処置できなくなる前に。

　たしかにレイチェルがファルネステ家のエメラルドを持っている。

　でも決して売るわけにはいかない。母の死後、エメラルドを持つにふさわしい唯一の人物、エンリコの未亡人に返すつもりだ。あのエメラルドを持ちだした気持ちはわかるにしても、母に所有権はないし、レイチェルにもない。

　もしも今日の午後、ヴィートがあの〝条件〟をのんでいたら、そういう形でエメラルドを返すつもりだった。彼の名前を記した結婚証明書と結婚写真以外、ヴィートには何も望んでいない。その二つを母に見せて、娘がエンリコの息子と本当に結婚するのだと信じさせたい。侮蔑《ぶべつ》とあざけりにさらされる〝愛人〟ではなく、母が決してなれなかった、尊敬される〝妻〟になろうとしていると。

　ところがヴィートは、母の最後の願いを実現しようとするばかげた試みを、一笑に付した。だから母が生きているあいだは、エメラルドは手元に置くよりしかたがない。母が亡くなったら、シニョーラ・ファルネステに返そう。

　レイチェルの返事を聞いて、ヴィートの表情がぞっとするほど変化した。

「わかっているんだろうな、きみはあのエメラルドを自分が持っていると認めたんだぞ。その方面の法律がいかに不備であろうと、アーリーンがエメラルドの所有権を主張することについては大いに疑問がある。そこできくが、ぼくの説得にも耳を貸さずあれを返さないのはなぜだ？」

ヴィートの目が光り、レイチェルの背筋にまた震えが走った。だが、彼の前で怖がるわけにはいかない。絶対に怖がってはならない。

「あなたがあのエメラルドを巡る法律をどう思おうと関係ないわ。法的にとり返せるのなら、あなたはとっくにとり返していたはずだもの。それに、わたしに指一本でも触れたら、あなたを暴行罪で訴えるわ。泣き言を言う暇もないほどすばやくね！　そうすれば、ありがたいタブロイド紙がゴシップ記事を流してくれるでしょうよ。脅したり押さえつけたりして言うことを聞かせようなんて思ってここに来たのなら、今すぐ出ていくのね！」

ヴィートの目の光が強くなった。ふいに、狭苦しい部屋がよけい狭く思えてきた。レイチェルの息づかいがせわしくなる。

気がつくと、いつのまにか彼の存在に体が反応し、全身の神経細胞が生き生きと躍動を始めていた。

「まったく違う説得の方法を考えたんだが」どこからともなく聞こえる、喉を鳴らすような謎《なぞ》めいた声だった。

黒い目がじっと見つめている。その顔に、これまでの年月をはぎとる表情が見える。それに気づいてレイチェルは気力が萎《な》え、たちまち脚が震えだした。

彼女は死にものぐるいで、骨をも溶かしそうなその魅力に抵抗しようとあがいた。

あのときも嘘、今も嘘！　嘘、嘘、嘘！

レイチェルが十八歳だったとき、彼は大げさに感情を表し、十八歳で未体験のイギリス人女子高生にさも魅力を感じたふりをした。今もそうだ。

どうやら彼女の肉体的反応に気づいて面白がって

いるらしい。だが、冗談めいた態度の裏側に怒りが渦巻いているのもわかる。

　ヴィートが近づいてきた。その足どりには固い決意がにじんでいる。またもやレイチェルの体の奥に恥ずかしくなるような熱いものが流れた。戸口にじっとしていないで、早くなんとかしなければ。金切り声をあげ、大声で叫び、ベッドの奥に逃げて、小さなバスルームに閉じこもりたい。彼から逃げられるなら、なんでもする。

　そう思ったのに、レイチェルは動けなかった。立ちつくす彼女の前でヴィートが足を止めた。その目の輝きがレイチェルの息づかいを速くさせる。

　ヴィートの手が伸びて、うなじにまわされた。うんざりして体が震えるほど恥ずかしいことに、レイチェルはわずかにうつむいた。あたかも彼の指を歓迎するかのように。

　興奮が降りそそぐ雨となって体に染みこみ、ヴィート・ファルネステに最後に愛撫《あいぶ》されてからの長い長い七年を少しずつ洗い流していく。

　レイチェルはゆっくり目を閉じた。そそるように動くヴィートの指と、震える肌に心地よい指先の誘惑に、あらがいきれなかった。

　ヴィートがイタリア語で何かささやいた。意味はわからない。あらゆる感覚が合体し、たったひとつの感覚、触覚になったようだ。

　ヴィートのもう一方の手が彼女の顎を包み、顔を持ちあげる。レイチェルは目を開けるしかなかった。ヴィートの顔が近づいてくるのを見ていると、優しく心地よい魅力にとらえられる。

　彼女の唇を奪った彼の唇は最高に柔らかくなめらかなベルベットのような感触で、二度とふたたび出合えるとは思わなかった王国へと彼女をいざなう。

　無上の喜びであり、楽園であり、天国であるその王国はあまりにもすばらしく、レイチェルは考えることも動くこともできなかった。ヴィート・ファルネステにキスされているという、言葉と時間を超越した喜びにただ圧倒された。いつしか全身の力が抜け、ヴィートにもたれかかっていた。彼の美しさ、彼の魅力、彼の誘惑、すべてに降伏して。

キスが深まり、彼の舌が口のなかにすべりこんで、激しい興奮が体を突き抜ける。まるで未体験の何かに征服されるヴィクトリア朝の若き乙女のように、今にも卒倒してしまいそうだ。

けれど、ヴィートにとってこのキスはなんの意味もない。まったくなんの意味もない！　あのときと同じく、彼はわたしを利用するためにキスしているのだ。

あのときは、母アーリーンを傷つけるためにわたしを利用した。

そして今は、ファルネステ家のエメラルドのために……。

自分でも思いがけない力をふるい起こし、レイチェルはさっと身を引いた。

「やめて！」

ヴィートの腕を払い、一歩下がった。心臓が早鐘を打ち、手足が震えている。彼女は懸命に落ち着きをとり戻そうとした。

一瞬、ヴィートの目に何かが浮かんで消えた。そのあとに浮かんだのは、例の人をばかにした表情だった。

「やめて？　これは初めて聞いたな。あのときはひと晩じゅう〝お願い、ヴィート、お願い！〟と叫んでいたくせに」

彼の口元に皮肉な笑みが浮かぶ。目と同じく、人をばかにした笑みが。

レイチェルは青ざめた。

今、記憶のなかで火傷《やけど》しそうなほど熱くなっているのは、性的な恥ずかしさではなく、〝あんたの娘がそれを待ち望んでいた〟と言われたことへの激しい屈辱感だった。

その記憶のほうが恥ずかしい。

ずっと恥ずかしい。

ヴィートに懇願の言葉を言ったときのことを、鮮やかに、いやになるほどはっきりと思い出す。

だがそれは、ヴィートが今考えているように、彼に抱擁と愛撫をせがんだときではない。

言ったのは電話口でだった。感情を持たず、遠く隔たった電話、彼が許したのはそれだけだ。レイチェルは彼の秘書に、電話を取り次いでくれるよう頼んだ。たぶん、哀れなほど悲痛で必死な声が、よく訓練された秘書の気持ちを軟化させたのだろう。意外にも電話が取り次がれた。それがヴィートを喜ばせる電話ではないと心得ていた秘書が、名前を告げなかったのだと思う。ヴィートはレイチェルからとは知らずに受話器をとった。聞こえてきたのは、そっけない、イタリア語訛《なまり》の声だった。〝もしもし？〟

気がつくと震える声で答えていた。〝レイチェルよ。お願い、ヴィート……お願い……〟

それ以上何も言わせず、ヴィートはがちゃんと電話を切った。

そして二度と電話の取り次ぎを許さなかった。それ以後、秘書は揺らぐことのない強い口調で言った。シニョール・ファルネステはあなたからの電話を受けません、と。

連絡の最後の手段だった手紙は、封も開けられないまま、秘書の通告状と一緒に別の封筒で送り返されてきた。通告状には、いかなる手段を試みられようとも、シニョール・ファルネステは今後いっさい、あなたからの連絡はお受けしません、とタイプされていた。

ヴィートにとってレイチェルはもう存在しないと

思い知った瞬間だった。

あれから七年たった今、彼はふたたび目の前に立ち、レイチェルをあざけっている。

彼女はシャッターを下ろすように、彼に感じるすべての感情を心から締めだした。そうしておけば、被害は最小限ですむ。とくにヴィート・ファルネステに関して、そしてどちらにとっても相手に期待するものに関して、感情は必要ない。

「だけど、今はやめてと言っているのよ。あいにく、ファルネステ家のエメラルドは、伝説的な人物ヴィート・ファルネステと短時間接触するより、少しは価値があるから。そんなに簡単にとり戻せるものですか！」

「エメラルドはそうかもしれないが、きみにそれだけの値打ちはない」

以前投げつけられた言葉の弾丸に比べたら、それはどうということもなかった。

だから、レイチェルはひるまずにすんだ。

「残念ね！　それがあなたのつける最高の値段なら、取り引きはなしよ。百万ユーロと同じく」

その部分に彼は注意を引きつけられた。

「なぜだ？　百万ユーロあれば、こんなみすぼらしい部屋から出ていけるのに」

ヴィートが眉をひそめ、じっと見つめている。レイチェルがエメラルドにこれほど高い値をつける理由を知りたがっているのだ。

教えるわけにはいかない。

ファルネステ家のエメラルドとひきかえに結婚するという、とんでもない要求をした本当の理由を知られてはならない。

「あなたと結婚しても同じことよ。ここから逃げだせるわ」

レイチェルはじっと相手を見つめたまま、落ち着いた声で言った。彼がそれこそ本当の理由だと思うように。

ヴィートの顔つきが、例の人をばかにしたあざけるような表情に変わった。

「つまり、それがきみの野望なんだな？　母親のように愛人で終わるのはいやだ、尊敬に値する地位が欲しいというわけだ……」

あまりにも真実に近い言葉に、つい思いが顔に出たらしい。ヴィートに感づかれてしまった。レイチェルはつんと顎を上げた。

「そのどこがいけないの？　シニョーラ・ファルネステとして、わたしはどこでも歓迎されるわ」

なぜそんなことを言ったのかわからなかったが、レイチェルは茶番劇を続けた。ヴィート・ファルネステが彼女と結婚する可能性は、万にひとつよりも少ないというのに。

ヴィートがあざけるように笑う。

「なんとも野心的なことだ！　じゃあ、けちな金目当ての結婚志願者にきくが、きみの野望は、ファルネステ家の金の分け前、つまり気前のいい離婚慰謝料にまで及ぶのか？」

その話題も、レイチェルは平然と受け止めた。

「いいえ、違うわ」

「だったら、ほんのわずかの慰謝料もなしに半年後にほうりだされても、結婚する覚悟なんだな？」

明らかに彼は信じていない。

「そうよ」

「へえ、うれしいかぎりだ。百万ユーロの現金よりぼくが好きで、慰謝料さえ放棄するほどぼくを必要としているとはね！」

その辛辣《しんらつ》なあざけりは、レイチェルの何かにぴしゃりと当たった。必死で抑えていた何かに。

二度と彼にばかにされるつもりはない。

「冗談でしょう、ヴィート。わたしはあなたなんか、なんとも思っていないわ！」

ヴィートの顔から表情が消えた。

自分を抑えることができず、無謀にもレイチェルは続けた。命がけでヴィートを求め、彼を手に入れるためにエメラルドを利用する覚悟を決めた、と思われるのはいやだった。

「わたしには、あなたよりずっとずっと大事な人がいるもの！　その人は……」

もう少しで告白しそうになり、レイチェルは愕然《がくぜん》とした。

一瞬、あたりが水を打ったように静まり返り、やがてヴィートが言った。思わずレイチェルが身を縮めるような声だった。

「ようやくきみの魂胆が見えてきた。急に尊敬されたいと思うようになった理由が」

「そうじゃなくて……わたしは……」

「今さら遅い。きみが何をたくらんでいるか、よくわかった。結婚したいのはぼくじゃない。ほかの男だ。もっと正確に言えば、きみとの結婚にイエスと言わない男だ。きみの恋人は結婚を拒んでいる。きみの素性を考えれば、なかなか賢明だ。そこで、電撃的にシニョーラ・ファルネステになることによって、彼に報復ができると考えたんだ。百万ユーロはいらない。慰謝料も欲しくない。きみが望んでいるのは復讐《ふくしゅう》だ！　よく言うじゃないか、〝女の恨みほど恐ろしいものはない〟と。それが真相だ。きみは男に報復しようとしているんだろう。きみを妻ではなく、愛人にしようとした男に」

レイチェルは目を見開き、ヴィートの言葉を理解しようとした。あまりにもとっぴな話に面食らうばかりだ。

「ようやく全体像が見えてきた。今ならわかる。すばらしい賞品だ。復讐はごちそうのなかでも最高にうまい。きみは今日、まんまとぼくのオフィスに入りこんだ。目の前にエメラルドをぶらさげれば、ぼくを教会の祭壇に誘いだせると思ったんだろう」

彼の体からあざけりがしたたり、目が軽蔑したようにレイチェルをとらえる。

「本当にその男をこけにするつもりなんだな？　喜んで結婚して、ベッドでも喜んできみの相手をする金持ちの男を見つけたと思わせて。その魅力的な計画にぼくを誘いこむために、もともとぼくのものだったエメラルドを返却し、大して魅力があるとも思えないその体を提供すると申し出たわけだ」

なんという侮辱。レイチェルはむっとし、反論せずにはいられなかった。自分でもどこかわからないところから、ヴィートの侮辱に匹敵する侮辱の言葉を見つけだし、彼に投げつけた。

「残念ながら、あなたが手に入れるのはエメラルドだけよ、ヴィート。あいにく、セックスは契約に入らないわ。あんなことは一度で充分。そうでしょう。わたしはあそこでヴィート・ファルネステという男を体験した。もう一度体験したいとは思わないわ。わたしだって成長しているのよ」

彼と闘う武器がないことはわかっている。武器はこれだけ、これがすべて。弱々しく心もとないけれど、これがレイチェルにできるすべてだった。彼に対する偽りの無関心を装うこと。なかなか結婚したがらない謎の恋人を罰するために、レイチェルがヴィートと結婚したがっていると、どうして彼が考えたかは、神のみぞ知るだ。でも、それに異議を唱えるつもりはない。本当の理由について、真実を隠すのに役立つだろうから。

そして彼に無関心を装うことによって、レイチェルの安全はずっと高まるはずだ。

こんな会話をいくら続けても意味はない。それにレイチェルがひたすら願うのは、ヴィート・ファルネステが以前のようにただの一度も振り返らず、彼女の人生から出ていくことだけ。何を言うかは問題ではない。彼を追いだすことさえできれば。

　そして、すっかりむきだしになったプライドの断片とでも一緒に、レイチェルを置いていってくれれば、それでいい。

　そう思いつつも、レイチェルは別の侮辱に慰めを見いだした。

「あなたは自分のことを、神が女性たちのためにもたらしたすばらしい贈り物だと自負しているようね。でもお気の毒さま、わたしにとって、あなたはちょっと退屈よ。わたしが望むのは、あなたの結婚指輪を指にはめることだけ。精力絶倫のサービスはいらないわ。自分ではすばらしいサービスだと思っているらしいけど」

　ヴィートが見つめている。何を考えているかわからない目でじっと見ている。顔にも表情はない。

　レイチェルは落ち着きをなくした。いったいどうしたの？　どうしてそんなに見つめているの？　それも無表情な顔で。

　予想していたのは、自分の性的魅力を侮辱された不快感を表す、激しい怒りか何かだった。

なのに、完全に表情を閉ざした顔で、ただ見つめている。不安が胸に忍びこむ。

　そのとき、彼の意図に気づいた。レイチェルのささやかでつまらない反撃が、いかにとるに足りないかをはっきり示すために、わざと反応しないのだと。寝室での彼の腕前をレイチェルがどう思おうと、ヴィート・ファルネステが何を気にするだろう？　彼女の意見など、なんの価値もない。今まで価値があったことはなかった。

　そして、今ももちろんない。レイチェルはヴィート目がけて飛んでくる哀れで小さな虫みたいなものだ。

　ふいに怒りの矢がレイチェルを貫いた。自分は彼にとって、父親の愛人だった娼婦《しょうふ》の婚外子にすぎないのだ。

レイチェルはまたヴィートを挑発した。どうしても彼の反応を、とにかくなんらかの反応を引きだしたかった。少しは彼に影響力があるところを見せたかった。たとえ、魅力的なその黒い目で一瞥《いちべつ》するだけでヴィートが及ぼす影響力の、一万分の一の力しか持っていなくても。

「わたしが十八歳だったとき、あなたにのぼせあがっていたと思っているんでしょう？」レイチェルは軽く笑った。どこからそんな笑いが出てきたのかわからない。それでもレイチェルは笑った。「とにかく、今回はそうじゃないことがわかるはずよ。ラテン系の男の大した芝居は、わたしには無駄でしかないわ。ああ、それから、たった今あなたにキスを許したのは、ちょっと興味があったからよ。それ以上の意味に関しては……あるとは思わないで。それに悪いけど、わたしは今忙しいの」

レイチェルは戸口に向かったが、脚が動いているのが不思議でならなかった。とにかく、彼に出ていってもらわなければ。なんとしてでも。レイチェルは、ただただ彼に出ていってほしかった。ひとりきりで、誰にも見られず、床にくずおれることができるように。

レイチェルはロックを解除し、ドアをぐいと開けてわきに下がった。

それから振り返ってヴィートを見る。

彼は微動だにしていない。相変わらず無表情な顔でじっと立っている。

レイチェルの背筋に震えが走った。なぜ生意気にもあんなことを言ってしまったのか、どこからあんな嘘が出てきたのか。レイチェルは自問した。少しくらいの愚かでいやみな侮辱は、彼を怒らせる価値さえないらしい。

「歩けないの？」

ヴィートはまったく感情を表していない。これっぽっちも。そのとき突然、彼がドアに向かって歩きだした。通りやすいように身構えていたレイチェルは、思わず体をこわばらせた。一メートルほどの距離に近づいたとき、ヴィートが急に立ち止まったかと思うと、手を伸ばし、レイチェルが押さえていたドアをさりげなく押して閉めた。

「いったい……」

言いかけたレイチェルは、ヴィートにゆったりとした物憂げな口調でさえぎられた。

「明日銀行に連絡して、エメラルドを渡すよう指示するんだ。それからぼくの秘書に電話して、銀行の場所を伝えてくれ」

「信じられない。あなたにエメラルドを渡す気はないわ！」

ヴィートがばかにしたように眉を上げた。

「ファルネステ家の花嫁はみんな、婚礼の日にあのエメラルドを身につける。ぼくがきみを例外にすると思うのかい？」

レイチェルを見つめるヴィートの目に侮蔑が浮かんでいる。冷ややかで険しい侮蔑が。

レイチェルの口が開き、喉がぴくぴくしただけで、また閉じた。まるで頭は回転するのをやめ、心臓は鼓動するのをやめたようだ。

「法的な許可が下りしだい、形だけの結婚をし、法的に離婚可能になった時点で解消する。ああ、それから、きみは婚前契約書にサインしなければならない。そして結婚するとき、式後すぐに返せるように、エメラルドのネックレスをつけてくれ」

ヴィートは手を伸ばし、ドアを開けた。

ショックで凍りついたレイチェルの顔を見て、笑みを浮かべる。喜びのかけらもない笑みを。

「ねえ、きみ《カーラ・ミア》、もっとうれしそうな顔をしてもいいじゃないか。たった今、きみの子供っぽい夢が実現したんだから……ぼくはきみと結婚する」

ヴィートは大股にレイチェルのわきを抜け、部屋を出た。このうらぶれた建物にはまったく場違いなリラックスしたラテン的優雅さで、階段をしなやかに下りていく。

レイチェルは出ていく彼をぼんやりと見守り、ドアが閉まる音を聞いた。

長い時間が流れ、ふと気づくと、心臓がまた鼓動を始めていた。

5

ヴィートが車の後部座席にゆっくり座ると、運転手が車を出した。

冷たい怒りが体を貫く。

つまりレイチェル・ヴェイル、別名レイチェル・グレアムは、ぼくをお人よしのかもとして利用できると考えたわけだ。あのいまいましい母親がぼくの父に死の瞬間までしたように、ぼくをもてあそんで自分の目的に利用できると。

アーリーン・グレアムは、頭に銃を突きつけたに等しいくらい確実にエンリコを殺した。

病院の心臓外科医がヴィートの目を避けながら告げたところによれば、致命的だった心臓発作は、愛人とのベッドでの度重なる行為が負担になっていたからだという。

あれは、パパラッチとイタリアの低劣な新聞にとってまたとないチャンスだった。何しろ、セックス、金、浮気、死など、すべてが豪華に仕組まれた上流社会のスキャンダルだ。彼らはそのごちそうの最後のかけらにまでほくそ笑み、母を完璧《かんぺき》に打ちのめしたのだ。

アーリーンをローマのアパートメントから追いだし、さらに別荘《ヴィラ》から追いだしたことで、それなりの満足感は得た。

その仕返しに、あの女はエメラルドのネックレスを持ちだした。

それももうすぐ戻ってくる。しかし、それがレイチェル・ヴェイルと結婚する理由ではない。

ヴィートの眉根が寄った。

エメラルドをとり戻すのはおまけにすぎない。

本物の食事はまったく別の料理だ。

そして復讐《ふくしゅう》のように冷たくして食べるのが何よりおいしい。

レイチェル・ヴェイル。おいしそうで、食欲をそそられる。

実に、実にセクシーだ。

ぼくに性的興味はないだって？　全身が官能的に脈動しているのが見え見えだというのに。あれにはこっちまで体がうねり、高ぶってしまう。彼女がキスにのめりこむ前でさえ。

究極のセックスによって、彼女の考えは完全な間違いだと証明するのは、さぞ楽しいだろう。

レイチェルの要求をのんで結婚するのは、そのためだ。

彼女が約束した蜜《みつ》の味をもう一度味わおう。

そして心ゆくまで味わいつくしたとき、以前と同じことをしよう。

つまり、彼女を地獄に落とすのだ。

少なくともそのくらいのことはしてもいい。


レイチェルは飛行機の窓から外を見た。ふわふわした白い雲が、子供向けアニメを彷彿《ほうふつ》させる。明るい銀色の陽光が雲に照りつけ、ひどくまぶしい。

自分が何を感じているのかよくわからなかったが、結局何も考えず、驚きのあまり呆然《ぼうぜん》としているだけだった。何しろ、ヴィートが個人的に借りた贅沢《ぜいたく》なジェット機に実際に乗りこみ、カリブ海に向かっているのだ。

ヴィート・ファルネステとの結婚式に向かっているのだから。

意気揚々として当然だ。ひれ伏すほど安堵《あんど》しても不思議はない。たとえ、ヴィートを非常識でばかげた計画に引きこむのに成功したことが信じられなくても。

それなのに、感覚が麻痺《まひ》している。

ゆったりしたシートのなかで、レイチェルはわずかに身じろぎした。客室はしんと静まり返り、エンジン音しか聞こえない。通路を隔てて座ったヴィートはレイチェルにいっさいかまわず、テーブルに積みあげた書類に目を通している。

今朝早く、彼が手配した車でノースポート空港に向かい、飛行機に搭乗してから、ヴィートはほとんど口をきいていない。表情も読めない。それもそのはず。こともあろうに、大嫌いな女性と結婚しようとしているのだから。その母親を傷つけるためにわざと誘惑した女性と、先祖伝来の宝石をとり戻すことだけが目的のばかばかしい結婚を。

緊張をほぐそうと片足ずつくるぶしをまわした拍子に、膝の上にのせていた分厚い書類が落ちた。そのままじっとしていると、ヴィートが手渡してくれた。

「婚前契約書だ。きみのサインがないと、結婚式はできない」

レイチェルは目を通した。意外な項目は含まれていない。式が終わった瞬間、エメラルドは無条件でヴィート・ファルネステの手に戻すこと。結婚を解消するとき、何も、硬貨一枚たりとも持ちださないこと。ファルネステ家の財産に決して所有権を主張しないこと。ファルネステの名を使用せず、この結婚について報道関係者、またはファルネステ家の家族にひと言ももらさないと約束すること。

レイチェルは考え直すまでもなく、サインするつもりだった。

ヴィートの行動のすばやさにはまだ唖然《あぜん》としている。カリブ海に浮かぶ小さな島国アンティリアに行く、とヴィートはそっけなく言った。その国には主な利点が二つほどあるらしい。イギリスの法律が規定する待機期間なしにすぐ結婚できること、そして、これまたイギリスと違い、婚前の契約がアンティリアの法律によって水ももらさぬほど厳密に守られることの二つだ。

感覚が麻痺したような、ぼんやりした非現実感がレイチェルを襲う。

これでは婚前契約について判断できない。できないなら、してはいけないのだ……。

かつてほんの短い一時期、ヴィートはレイチェルにとって全世界だと錯覚していた。その男性と結婚しようとしている。

初めて愛を捧《ささ》げた人。わざと計画的に彼女の愛を裏切り、それをばかにして破壊した男。

そんな男性との結婚は、死ぬまでレイチェルをあざ笑うだろう。

けれど、母にはもうわずかな時間しか残されていない。母が幸せになれるなら、なんでもする。自分のことはどうでもいい。

悲しみが胸を刺し、思わず顔がゆがむ。レイチェルは窓の外の雲を見つづけた。

ヴィートは何げなく書類から目を上げた。彼は飛行機に乗りこんだ瞬間から、極東のメーカーとの合弁事業に対する複雑な提案書に没頭してきた。結婚式から気持ちをそらしたかったのだ。

非現実が彼を押し流しつづける。こんなことをするなんて正気の沙汰《さた》じゃない！　今すぐ客室乗務員を呼んで、飛行機を方向転換させ、ロンドンに帰るよう命じるべきだ。空港の滑走路にレイチェル・ヴエイルを降ろして、さっさと立ち去ればいい。永遠に。

しかしヴィートは考えただけで、実行には移さなかった。書類をぱらぱらとめくってはメモをとり、疑問や回答の必要な質問、弁護士への意見などを書きとめていく。ファルネステ産業の会長は名誉職ではない。経営は非常に難しく、厳しい仕事だ。従業員やイタリア経済に対する責任は押しつぶされそうになるほど重い。

父が慰めを必要としたのも無理はないと思える。仕事から気持ちをそらしてくれる美しい女性との逃避の時間を……。

いや、あの道を歩いてはならない。ヴィート自身は茨《いばら》の道を素足で踏みしめながら歩いてきた。母の悲しみ、父の背信という茨を。しかし、どうすることもできなかった。父と愛人を非難し、嫌悪し、それによって母に慰めを提供する以外は何も。

母のシルヴィアは黙って苦しんだ。父が愛人と一緒にいるときにかぎって訪れる、体力を消耗する発作だけが、母の苦しみを人に見せつけた。発作が起こると、母はトリノ郊外の広大なファルネステ家の邸宅から、コモ湖を見下ろすイタリア・アルプスの山荘に引っこみ、ひとり静かに不実な夫を恋い焦がれた。そして、看病のために息子が同行することさえ望まなかった。

それにひきかえ、アーリーン・グレアムは父の財産で、美しい娼婦《しょうふ》としてきらびやかな生活を謳歌《おうか》していた。

そして今、エンリコの息子はアーリーンの娘と結婚しようとしている。

鋭い怒りが全身を貫き、苦々しさが胸にあふれる。

ヴィートは書類から目を上げ、レイチェルのほうを向いた。

彼女は視線をそらしている。

その表情を見て、ヴィートはぴたりと動きを止めた。

ぼくのものを返すという約束でぼくを服従させたと信じ、勝利の喜びに輝いていて当然だし、ミルクを前にした猫のように満足げな表情でそこにいて当然だ。

なのに、彼女は石のように無表情な顔を引きつらせ、窓越しに見えない何かを見つめている。

ヴィートの体の奥で何かが激しく動きまわり、心をかきむしる。

そいつは外に出ようとしているらしい。

ヴィートは急いで顔をそむけた。

レイチェル・ヴェイルにぼくを、ぼくの心を支配する力などあるものか。

彼女が支配できるのは、ぼくの五感だけだ。

ヴィートは椅子にもたれ、わざとらしく腕と脚をだらりとさせて目を閉じた。

ほんの一メートル足らずしか離れていないレイチェルの姿がまぶたに浮かぶ。

最後に彼女を見てから七年もたち、完全に成熟した体はすっかり魅力的になった。今夜、そう、今夜、カリブの月に照らされて、果物にたとえれば滴るばかりのその体を味わうのだ。

そうすれば、レイチェルにもぼくが結婚に同意した理由がわかるだろう。

　機内で何時間も過ごすうちに、うとうとと眠りに落ちたレイチェルは夢を見ていた。夢のなかは暖かく、とても心地よかった。レイチェルはザーラに借りた、細い肩ひもつきのセクシーなサマードレス姿で、観光客の群れを巧みに避けながら、スペイン階段を駆けあがっている。彼らは、有名なローマの名所だというだけの理由でそこに座っているのだ。階段の端に並べられた植木鉢からこぼれんばかりに咲き誇っている真っ赤な花が美しい。男が前に立ちはだかり、ばらの花を一本さしだして売りつけようとする。だが、レイチェルは軽く笑みを浮かべて通りすぎた。先に出発させてもらったのに、あとから追いついてきたヴィートの足音が聞こえる。

　そして、てっぺんに着いたときには、長くたくましい脚で彼は追いついていた。長い階段の最上段と同じ高さのテラスに上がったとき、ヴィートに両腕をつかまれた。

〝あなたの勝ちよ!〟レイチェルは笑った。〝今度のアイスクリームはわたしのおごりね〟

　温かい目がレイチェルにほほ笑みかける。

　またほほ笑んだ。また……。

　胸がつまるほど幸せで、心が浮き立つ。

　ヴィート……ヴィート……。

　場面が変わった。

　レイチェルは彼の腕に抱かれて愛されている。このうえなくすばらしい愛撫《あいぶ》に、熱くほてった体が彼を求めてうずき、欲望があふれ出る。愛撫しながらヴィートが何かつぶやいた。意味はわからないけれど、心に染みわたる。

　彼女は自分が花になって開花していくように感じた。

そのとき、ヴィートが消えた。誰かが肩を揺すっている。優しく、しつこく。

レイチェルはまごつき、まばたきして、目を開けた。

「申し訳ありません。まもなく着陸態勢に入ります。シートベルトをお締めください」

客室乗務員に注意され、レイチェルはたちまち現実に引き戻された。通路を隔てた向こうの席では、相変わらずヴィートが書類を読んでいる。レイチェルの頭のなかはまだ、今見たばかりの夢でいっぱいだった。一瞬レイチェルは、ヴィートの冷ややかで謎《なぞ》めいた美しさを崇拝していた十八歳のときのように、あこがれの目で彼を見た。

悲しみがレイチェルを襲い、それから苦悩が訪れ、悪意をこめて非難する。

感傷的になるのはやめなさい！　ヴィートはあなたが思っているような男性じゃないんだから。あなたが二人で分かちあったと思ったものは、偽物にすぎない。一緒にいたとき、彼は徹頭徹尾あなたをばかにしていたのよ。最後の瞬間まで。あのとき、彼は自分の正体をさらけだした。あれこそ本物のヴィート・ファルネステだ。そして今も変わっていない。

レイチェルは、彼に会いにオフィスへ行ったとき自分に言い聞かせた言葉を、無理やり思い出した。

これは取り引きよ。ただそれだけ。感情はいっさい必要ない。

滑走路に近づいた飛行機は、目的地に向かって急降下を始めた。ふたたび水平飛行に戻り、最後の降下に向けてさらに機首を下げたとき、広大な青緑色の海とまぶしい陽光がレイチェルの目に入った。いきなり陸地が見えてきた。最初はミニチュアのようだった椰子《やし》の木や緑の木々は、機体が地上にすべりおりるや、実物大になった。

ほんのわずかな振動だけで飛行機は着陸し、エンジンが逆噴射に入り、ブレーキがかかった。レイチェルは座席に深く腰かけ、すべてが完了するのを待った。

飛行機から出たとたん、熱気が体を包んだ。心地よい亜熱帯の風が、飛行機燃料や異国の花らしい香りなど、さまざまな香りを運んでくる。

これからしようとしていることにまったくそぐわない暖かさと美しさに、なんだかだまされているような気がする。

小さくてほとんど客のいない空港の入国審査はすぐに終わり、数分後には二人はわずかな荷物をトランクに詰め、冷房のきいた車に乗りこんだ。レイチェルはヴィートからできるだけ距離をとろうと座席の隅に寄りかかった。

彼が話しかけてこないのがありがたい。

ベルベットの袋に入ったエメラルドは、ハンドバッグのファスナー付きポケットに安全にしまわれている。それこそ、レイチェルがここカリブ海の島にいる理由だ。地球上の誰よりも嫌いな男性と。

今夜結婚するはずの男性と。

いまだに気持ちが落ちこみすぎて、椰子の木や、でこぼこの舗装道路、両側に広がるさとうきび畑しか目に入らない。それから数分後、鮮やかな青緑色の空間がぱっと目に飛びこんできて、車が波止場の外れに止まった。波止場のまわりには、うらぶれた感じの建物がいくつか立っている。そこにつながれているのはモーターボートだ。

レイチェルは眉をひそめた。「いったい……」

「これからサン・ピエール島に行く。沖合にある結婚パーティのための島だ」ヴィートがむっつりした顔で言う。

レイチェルは無言で車を降り、ボートに乗り移った。そして、船べりの曲線に沿って置かれたクッションのきいた椅子に腰を下ろし、太陽に顔を向けて、ゆっくり目を閉じた。海風がひんやりと心地よい。船が沈んだ。ヴィートが乗りこんだらしい。船が揺れた。荷物が積みこまれているようだ。用心深くうっすらと開けた目でのぞくと、先ほどの運転手が機関士になり、船を出港させたところだった。ありがたいことにヴィートは遠く離れた場所に座っている。

島まではさほどかからず、たぶん十五分ほどで別の波止場に着いた。サン・ピエール島に上陸して見えた風景は、出発した波止場のそれよりもはるかに美しかった。客を待ち受ける交通手段もそうだ。明るい黄色の座席を幌《ほろ》で覆った軽馬車をポニーが引いている。御者のつば広帽は開襟シャツとよく合い、黒い肌とのコントラストが鮮やかだ。

「ハネムーンの島、サン・ピエールへようこそ！」

あふれんばかりの笑みを浮かべた御者が、強いカリブ訛《なまり》で叫んだ。

愚かな偽善者になった気分で、レイチェルは手を借りて軽馬車に乗りこんだ。そして、できるだけ隅のほうに座った。

今回はたった五分で着いた。岬をまわり、隣の入江まで行くだけだったから。しかし、視界をさえぎる椰子の木を通りすぎたとき、レイチェルは喜びの声をあげずにはいられなかった。

すばらしい入江だ！　観光客用のパンフレットみたいに美しい。海はトルコ石のように明るく鮮やかな青で、目がくらむほど真っ白な砂浜に波がひたひたと打ち寄せている。砂浜から少し奥まったところに、椰子の木に囲まれ、前面が真っ赤な花とみずみずしい緑で飾られた、大農園屋敷を思わせる白い平屋があった。

御者が振り向き、にこやかに笑った。

「これがハネムーン・ハウスです！」

ホテルとしては小さい部類だが、部屋数より高級性を目指したようだ。たしかにひっそりしている。芝生に面した海岸のすぐ裏手にある大きな楕円《だえん》形プールにも人影はない。長い耳が突き出るように裂け目を作った特製の麦わら帽をかぶった馬が、リズミカルにひづめの音を響かせ、舗装されていない狭い道に沿って進む。馬はホテルの前を通らず、建物の裏手をまわって奥に向かった。馬車用通路は、玄関ポーチの屋根に守られた大きな白い二重扉に続いている。御者はそこで馬車を止めた。

　扉が両側に大きく開き、姿勢のいい男性が現れた。ヴィクトリア朝の執事みたい、とレイチェルは思った。彼は馬車に近づき、客が降りるのを手伝おうと身構えた。ヴィートは手を借りず、しなやかに飛びおりたが、レイチェルは真っ白な手袋をした執事の手をありがたく借りた。

「ハネムーン・ハウスへようこそ」執事が威厳のある声で言った。「では、それぞれのお部屋にご案内いたします」

〝それぞれの部屋〟と聞いて、レイチェルの体に安堵の震えが走った。どんな部屋を期待するべきかわからないけれど、カリブ風結婚式を専門に行うホテルに、ヴィートが別々の部屋を要求したのは明らかだ。きっと奇妙に思われたことだろう。

　なかに入り、レイチェルは広い玄関ホールを見渡した。壁面は色の濃いマホガニー材で、高い天井は白く塗られている。戸外より涼しいのは、空調設備のせいではない。大きく広々とした空間をそよ風が吹き抜けているのを感じる。

　レイチェルはかすかに眉根を寄せた。家具調度も設備も美しい。宿泊料はさぞかし高いに違いない。けれどヴィートはお金持ちだもの、わたしのような女と結婚するからといって、安っぽいホテルに泊まる必要はないのだ。それにしても、まったく人けがない。フロントデスクもないし、従業員の姿さえ見えない。

　レイチェルは執事のあとに従った。

「わたしはアンドレです、ご滞在中、お二人のお世話はすべてわたしが承ります」さっきと同じおごそかな口調で告げると、彼は広い廊下を右に向かい、とある部屋の前で立ち止まった。「奥さまのお部屋です」歌うように言い、アンドレは扉を開けてレイチェルを招じ入れた。

　ありがたくなかに入ったレイチェルは、思わず部屋を見まわさずにはいられなかった。一方の壁際に、通気のために傾斜をつけて羽板を張った扉の白い衣装だんすがあり、高い天井ではゆっくりとファンがまわり、そして薄いカーテンに囲まれた品のいい大きな四柱式ベッドがある。アンドレが奥に進み、白い窓の鎧戸《よろいど》をさっと開けた。

　窓からの眺めは実にすばらしかった。部屋のまわりを白いベランダが囲み、その向こうにある小道が舗装されたプールサイドにまっすぐ延びている。陽光を受けてきらきら光るプール、そのすぐ近くに目もくらむような青緑色の海。

　寒々とした冬のロンドンとは別世界だ。なぜか説明はつかないけれど、気持ちが浮き立つ。

　アンドレが何やらつぶやいた。レイチェルは放心状態でほほ笑み、景色をもっとよく見ようと、ベランダに出た。しばらくして振り返ると、部屋に人影はなく、荷物台に小さなスーツケースが置いてあった。

　それを見てひらめき、レイチェルは急いで荷物を開けた。ロンドンの結婚登記所ではなく、カリブ海の即席結婚用の島で結婚式を挙げなければならないことがわかったとき、すぐさま水着を荷物に加えたのだ。泳ぎは時間つぶしに役立つし、そのあいだヴィートから離れていられるのも都合がいい。

レイチェルはすばやく水着に着替え、プールに向かった。

水にゆっくり入っていくと、なんとも気持ちがよかった。髪を水になびかせ、濡《ぬ》れた顔にひんやりとした風を受ける。こんなに暑いのに、出てきて一緒に泳ぐ宿泊客は誰もいない。

心地よい水に緊張をとき、レイチェルは水面に仰向けに浮かんだ。夜になったら、試練に直面しなければならないことはわかっている。でもこうしていると、そのために感じる息苦しさのようなものが少しずつ消えていく。しばらく無重力状態で流されているうちに、プールの壁に軽くぶつかった。ゆっくりと向きを変え、プールサイドのタイルに腕を置いて、たらした髪を後ろに払う。レイチェルはまばたきして目から水を払い、緑の木々を透かしてホテルのほうを見た。

小道に沿ってヴィートが歩いてくる。

その瞬間、時間が消えた。

十一年はわずか一瞬に凝縮された。

十四歳の少女に戻ったレイチェルに、世界一美しい男性が近づいてくる。

あのときと同じように、彼は黒いサングラスをかけていた。そして、あのときと同じように、彼のチノパンツはすばらしくかっこよく、薄い色のシャツはカフスを折り返して引きしまった手首をさらし、襟元を開けている。肩に引っかけていたセーターだけがない。

あのときと同じように、身動きもできず呆然と眺めていると、彼が立ち止まった。サングラスに隠された目が、彼方《かなた》の海から、レイチェルがつかまっているプールの縁を見る。

そのとき、彼も凍りついたように見えた。

ヴィートも思い出しているのかしら？　十一年前のあの瞬間を。そう思うと胸が激しく荒れ狂う。

それとも、シャワーを浴びてベッドで休んでいると思っていたわたしがこんなところにいるのを見て、不愉快に思っているのだろうか？

その答えを待たず、レイチェルは水のなかにもぐった。体をひねりながらプールの底を蹴《け》り、海に近いほうの端に向かってぐんぐん泳ぎだす。ひたすら泳ぎつづけ、数えきれないほど何往復もして、ようやくやめる気になったとき、そこにヴィートの姿はなかった。

太陽の位置が見るからに低くなっている。まだ気温は高いものの、プールから出ると、吹きつける海風に体が震え、濡れた肌に鳥肌が立った。影が長く伸び、太陽が黄金色に近づく。レイチェルは体にタオルを巻いて、バッグをとりあげた。重みでエメラルドのネックレスがまだそこにあることを確認し、部屋に向かう。

バスルームでシャワーを浴びているとき、ドアをノックする音が聞こえた。

レイチェルはシャンプーした髪をターバン風に包み、体にしっかりバスタオルを巻きつけて用心深くドアを開けた。

ヴィートが寝室に立っていた。明らかに待っていたようだ。

「何か用？」レイチェルは冷ややかに尋ねた。

ヴィートがじっと見つめている。腕と肩しか見えないはずとはいえ、あまりにも見つめすぎだ。

ふいにレイチェルはパニックに襲われた。いったい何をしているの！　ロンドンから遠く離れたこんなところで、お互いに嫌っている相手と結婚するなんて！　とても最後までやりとおすことはできない。どんなに期間が短くても、どんなに形式だけの結婚だとしても、とても無理だ。

ほかの相手ならまだしも、ヴィート・ファルネステはだめ。絶対に。ヴィートだけは……。

彼はひどくわたしを傷つけた。

レイチェルの唇が震えだした。

「一時間半ほどで結婚式が始まる。準備をしておいてくれ」

その言葉は、突然どこからともなく現れたレイチェルの弱気を断ち切った。彼女は唇を噛《か》み、自分を異常なほど無感動で冷静な精神状態に戻らせた。ここにいるあいだ、その状態にしがみつくことがなんとしても必要だ。

それにしてもヴィートの声がふだんと違う。いつも厳しい声なのに、今はそれだけではない。

まあ、どうでもいいけれど。

今していることから気持ちを遠ざけ、それをする理由だけを考えよう。母の望みを叶《かな》えるために、どんなに苦しむ結果になろうとかまわない。

母のためなら。

深く息を吸ってレイチェルはうなずき、ヴィートを送りだそうと戸口に向かった。それ以上寝室にいてほしくなかった。

だがヴィートはくるりと向きを変え、両開きのガラス戸からベランダに出て、右に姿を消した。

ロックされていない両開き戸から彼がこの部屋に出入りできるらしいと知って、レイチェルはハンドバッグを置いたベッドに急いだ。大丈夫、エメラルドはまだそこにあった。

彼女は口元を引きしめた。ヴィート・ファルネステがエメラルドをとり戻すのは、結婚証明書に署名し、彼の結婚指輪をこの指にはめてからだ。

あと一時間半。

レイチェルはバスルームに戻った。髪をとかすために。

そして式にそなえて身だしなみを整えるために。

6

太陽は今、深紅の雲にいだかれたぎらぎら輝く球体となり、海は濃い金色に燃えている。椰子《やし》の木が燃えるように赤い空を背景にくっきりと浮かびあがり、黒檀《こくたん》の彫像のように見える。低い植え込みに隠されたスピーカーから音楽が流れてきた。バッハだ。よく聞く曲なのに、曲名が思い浮かばない。

それどころか、今はまともに頭も働かない。レイチェルは歩きつづけるだけで精いっぱいだった。

着ているのは、きのうあわてて買い求めたドレスで、予定していたよりずっと高くついた。ごく淡い緑色のサテンのバイヤス裁ちで、体に沿って揺れながら広がり、少し裾《すそ》を引いている。身ごろは柔らかくドレープさせた飾り気のないデザインだが、飾りは必要ない。

喉元で緑色の炎のように輝くエメラルドが、充分その役割を果たしているから。

鮮やかな夕日を浴びた天幕の下で人々が花嫁を待ち受けている。暖かく心地よい風のなかをそこに向かってゆっくり歩いていると、理屈に合わない恐怖に鳥肌が立った。

レイチェルは、ファルネステ家の花嫁としてこのネックレスをつけた最後の女性、ヴィートの母親のことを考え、しばし打ちひしがれた。その女性の結婚の誓いに挑戦しようとたくらんだのは、ほかならぬレイチェル自身の母なのだ。

彼女はうろたえ、自分を責めた。

わたしがここにいるのは筋違いだ！　こんなこと

をする権利はない！

でも母には何も残されていない。本当に何も。死という究極の敵に屈する前の数カ月、母の気持ちを静めるのは、熱に浮かされたやむにやまれぬ夢想だけ。

選択の余地はない。最後までやり遂げなければ。

レイチェルは天幕に向かって歩きながら、近づきつつある人々に目をやった。ひとりだけ目立つ男性がいる。

ヴィート・ファルネステ。

黒いイブニング・ジャケットに身を包んだ彼は、胸が締めつけられるほどすてきだ。タキシードを着た彼を見るのは初めてだと、そのときレイチェルは気づいた。

彼から視線を引きはがし、式を執り行う役人だけを見ようと思うのにヴィートしか目に入らない。

どうかしている、彼ばかり見るなんて！

ヴィートも見つめている。彼の目は何ひとつ見逃さない。さらに近づいたとき、レイチェルは悟った。彼と目を合わせるわけにはいかないと。彼女は視線をそらし、小さなあずまやのはるか彼方《かなた》の海を照らしながら沈んでいく夕日を見た。

またもや、理屈に合わない恐怖が襲う。わたしはまるで、おとぎばなしのような結婚式の道具立てを無視することで、わざわざ神の呪《のろ》いを招こうとしているみたいだ。

レイチェルはあずまやに到着し、足を止めた。司祭と助手のほかに二人いる。二人は立会人としてそこにいるらしい。そしてうれしいことに、仰々しい機器類を用意したカメラマンもいる。全員がダークスーツを品よく着こなし、ほほ笑んでいる。司祭が手を上げ、式の開始を告げようとした。

現実離れした雰囲気がレイチェルを圧倒した瞬間、ヴィートが言った。

「ちょっと待ってくれ」彼はレイチェルのほうを向いた。「まず、婚前の契約書に署名してもらいたい。それとも、ぼくが忘れると思ったかな？」

ヴィートの皮肉な口調に、思わず口元がこわばったが、レイチェルは何も言わず、彼が左手で示したテーブルに目をやった。そこには、結婚登記書と並んで一通の書類が置いてあった。飛行機のなかで見たあの書類だ。レイチェルはわざわざ中身を見るまでもなく、最後のページを開き、よく考えもせずにさっさと自分の名を記入した。それから背筋を伸ばし、司祭の前に戻った。最高にロマンティックな結婚式の場に生臭い金の問題が持ちこまれたのに、彼の無表情な顔がわざとらしい。

ヴィートが二人の立会人に話しかけた。「では、お願いします」

立会人は婚前契約書にうやうやしく署名した。花嫁がファルネステ家の金を硬貨一枚持たずに結婚を解消することが、これで保証された。

ヴィートはサインを確認してから、無表情に花嫁の傍らに立った。

レイチェルのなかで反抗心がむくむくと頭をもたげた。彼に負い目を感じる必要はない。七年前、母を傷つける目的でヴィート・ファルネステはわたしを利用し、だまし、純潔を奪った。あの母の娘だという事実は、わたしの罪ではない。一度として罪だったことはない！　ヴィートにはわたしを武器として使う権利などない。

そして彼にあんな仕打ちをされた以上、わたしが自分のしていることに良心の呵責《かしやく》を感じる必要はないのだ。エメラルドは花嫁の代価。それで立派な夫を買って、どこが悪いの！

捨てられる前に、こちらから彼を捨ててやるわ！

苦しみが胸にあふれ、悲しみがそれを凌《りよう》駕《が》する。レイチェルは沈んでいく太陽をじっと見つめた。遠く離れた海の向こうで、母は鎮痛剤を投与されながら病院のベッドに横たわり、潮が引くように一日ごとに弱っている。

結婚式が始まった。

誓いの言葉。それを復唱する自分の声がレイチェルの耳に聞こえた。司祭の声が聞こえる。傍らに立つ男性のイタリア語訛《なまり》の強い声が聞こえる。彼が夫となることに同意し、指輪をレイチェルの指にすべらせる。

司祭が最後の宣言を行い、ヴィートの妻となったとき、体じゅうの血管に液体窒素がそそぎこまれたかのようにレイチェルの全身が完全に麻痺《まひ》した。

司祭がほほ笑みながら述べる職業的な祝福の言葉も、結婚登記書と証明書の新郎新婦のサインの下に、判読不能なサインをつけ加えた立会人の祝福の言葉も、まったく耳に入らない。レイチェルはただその場に立ちつくし、沈みゆく夕日の最後の光が金色の線を描く海上を見つめた。

何も感じずに。

それからゆっくり左手を上げ、指を広げた。薬指には、ヴィートがはめてくれた金色のリングが輝いている。

フラッシュが光り、レイチェルは目をしばたたいた。またフラッシュが光った。われに返り、カメラマンが撮影を始めたのだと気がついた。

レイチェルは無理やり口元をほころばせ、喜びに輝く花嫁のふりをした。写真は必要だ。母に見せるための目に見える証拠として。ほらごらんなさい、あなたの娘は本当にファルネステ家の花嫁になったのよ。ヴィートの父親が拒絶したこと、ヴィート自身も平然とわたしの純潔を奪い、残酷に追いだしたときでさえ拒んだこと、それをヴィートがしてくれたのよ、と。

今、まがいものの結婚式でヴィートと並んで立ったレイチェルは、カメラに向かってほほ笑み、夫がこの祝宴の亡霊に見えませんようにと神に祈っていた。ふと衝動的に彼女はヴィートを見上げた。

そしてはっとした。

彼の顔は無表情だ。それでも、胸を打つ衝撃はすさまじい。大きく見開いたレイチェルの目は、彼をのみこみ、彼を楽しんだ。

その瞬間をカメラがとらえていた。

よろめきそうになりながら、ヴィートから目をそらしたとき、署名された結婚証明書の装飾的な文字が目に入った。レイチェルは向きを変え、それをテーブルからとりあげようとしたが、ヴィートのほうが一瞬早かった。彼は書類をたたみ、胸の内ポケットに入れた。理由はわかっている。彼がエメラルドをとり戻すまで、レイチェルが証明書を手にすることは許されないのだ。

ヴィートが司祭と助手たちに礼を述べているあいだ、レイチェルは体をこわばらせていた。やがて彼らが去ると、シャンパンのコルクを抜く音が聞こえた。ホテルのほうから、アイスペールと二個のシャンパングラスをのせたトレイを手にウエイターが近づいてくる。

彼はそれをダマスク織りのクロスで覆ったテーブルに置き、グラスにシャンパンをそそいだ。花で飾られたあずまやに立ち、残照のなか、椰子の木に囲まれてシャンパンを飲むなんて、とんでもないわ。レイチェルはそう思ったが、ウエイターはにこやかに笑いかけ、なみなみとついだグラスをさしだしている。彼が口にした祝福の言葉に、レイチェルは礼儀正しい笑みで応じようと努めながら、気乗りしないままグラスを受けとった。ウエイターは同じ言葉をヴィートにも繰り返し、ようやく二人を残して、笑顔でホテルに戻っていった。

レイチェルはその後ろ姿を見守った。いやな緊張感にからめとられそうだ。よく冷えたシャンパンを口に含むと、舌に炭酸の刺激が心地よかった。水平線すれすれに見える宵の明星《ヴィーナス》が、無数の星のきらめきのなかでいちだんと輝いている。

ヴィーナス、愛の女神。レイチェルは皮肉っぽく考えた。

例の理屈に合わない恐怖がふたたび背筋を駆け抜ける。この滑稽《こっけい》な結婚で、危険なまでに神を冒瀆《ぼうとく》したような気がする。まあいいわ。もしそうだとしても、今さら遅い。失望感が胸に居座っている。レイチェルはシャンパンを飲みながら海を見つめた。

うつろな目で。

レイチェルの横顔を見据えたまま、ヴィートはシャンパングラスを口に運んだ。信じられない思いが体を切り裂く。自分がこんなことをするとは。よりによって、アーリーン・グレアムの娘、レイチェル・ヴェイルと結婚するとは。一瞬、胃がよじれるような不快感に襲われた。取り返しのつかないことをしてしまった。

ヴィートはそれを追い払った。自分のしていることはわかっているし、結婚したというだけでは、何も変わりはしない。無宗教の結婚式は神聖な式とは違う。法的契約、ただそれだけだ。ポケットにしまった書類は、レイチェル・ヴェイルを法律上の妻にしたと証明しているだけだ。本物の妻にはしない。そしてその事実は、もうひとつの単純な法的契約によって変えられる。

離婚によって。

この短い、たった五分の式が成し遂げたのは、レイチェル・ヴェイルをぼくの手に引き渡したということだけだ。

ファルネステ家のエメラルドとともに。

ヴィートは視線を転じた。彼女の白い肌を見ているうちに、またしても例の不快感がわいてきた。レイチェルにはこれを持つ権利などない！　まったくありはしない。彼女が手を触れるだけで、エメラルドがけがれる。まして所有するなんて、とんでもない！

それでも……。

また不快感がこみあげる。

これをつけた彼女は完璧《かんぺき》だ。鮮やかな緑色の宝石は、ほっそりした白鳥のような首と胸元で美しく輝いている。まるで彼女のために、彼女ひとりのためにデザインされたように。

どうしてこんなに似合っているんだ。この宝石はこういう階層の女性のためのものではないのに。

視線を上げたヴィートは眉をひそめた。

レイチェルが、機中で窓の外を見ていたときと同じ表情を浮かべている。冬の雪のように寂しげだ。

何かが胸を刺す。名状しがたい感情が。静かで言葉にならない感情に揺さぶられ、危うくレイチェルに手を触れそうになった。

そのとき、刃物に突き刺されたように、その寂しげな表情の原因がわかった。

レイチェルは恋人のことを考えているのだ！　彼女と結婚してくれない男。拒絶することによって、レイチェルを冷たい仕打ちへの報復にかりたてた男のことを。彼女がとほうに暮れた絶望的な顔で遠くを見つめているのは、そのためだ。彼のことを考え、思い焦がれている！

もうひと口シャンパンを飲んだヴィートの表情が険しくなり、目に冷たく皮肉な光が宿った。

夜が明けるまで、ぼく以外の男のことを考えさせるものか！　ひと晩じゅう、彼女の身も心も独占してみせる。

レイチェル・ヴェイルは、彼女の体を形成している分子の単位まであの母親の娘かもしれない。それは彼女が母親の天性の才能を受け継いでいることを意味する。七年前にヴィートはそれを発見し、そして今、再発見した。女として成熟した彼女のすべてを味わうのだ。

たとえ本人にそのつもりがなくても、彼女はぼくとともに快楽を味わうだろう。

あのあざけりに満ちた辱めの言葉が、今も頭に焼きついて離れない。

〝わたしが欲しいのは、あなたの結婚指輪だけ。精力絶倫なサービスはいらないわ。あなたはすばらしいとうぬぼれているようだけど〟

ヴィートの口元に冷ややかな笑みが浮かんだ。朝になるまでに、レイチェル・ヴェイルは〝精力絶倫なサービス〟をせがんでいるはずだ。

息を切らしながら。

すべては当然の報いだ。

レイチェルはまたシャンパンを飲んだ。終わったことをくよくよ考えてみても始まらない。ロンドンに戻って、母にこのうれしいニュースを告げるため病院に駆けつけるときが楽しみだ。

無意識のうちに唇がゆがんでいた。うれしいニュース？　わたしを嫌い、わたしも嫌っている男を結婚に追いこんだことが？

とても耐えられない。それはたとえようもなく激しい苦しみだった。

レイチェルはおぼつかなげに息を吸い、ゆっくりと決意をこめてシャンパンを飲んだ。ヴィート・ファルネステに対する思いは完全に的外れだ。

すばやくグラスをテーブルに置き、両手を首の後ろにまわして、ネックレスを外そうと留め金を探りながら、ヴィートのほうに首をねじる。

きびきびとしなければ。きびきびと、効率的に、感情抜きで。

結局、これはビジネスなのだ。ただそれだけ。どんなに島が美しく、道具立てにわざとらしいロマンティックな雰囲気があふれていても。かつてヴィートに感じたものは、すべて消えうせた。彼があのベッドから出て、わたしがそれを待ち望んでいたと母に告げた瞬間に……。

レイチェルはわざと、薄汚れた記憶を心の前面に押しだした。そうすれば、前進する勇気が出るはず。

「さっさとエメラルドを受けとって、結婚証明書をちょうだい！」レイチェルはとげとげしい口調で言った。

「外すな！」

驚きのあまり、レイチェルの手が止まった。

「どうして？」

ヴィートがほほ笑む。「まだ宵の口だよ」

不安そうにレイチェルは彼を見つめた。何が起ころうとしているの？

「いったいどういう意味？」

「夕食をとろうと言っているんだ」

「おなかはすいてないわ」

彼の目に輝きが宿った。「ぼくはすいている。しかも、きみには食事が必要だ。体力を維持するために。そしてその美しい体形《ベッラ・フィグーラ》を保つために」

ヴィートの視線がレイチェルの体をなめまわす。彼はわざとしているのだ。

「やめて！」レイチェルは叫んだ。「ヴィート、何を考えているの？　おなかがすいたら、ルームサービスを頼むわ。そうしたければ、あなたはダイニングルームで食べてかまわないわよ」

「いや、それはまずい。知ってのとおり、ぼくたちの態度はすでにかなり疑惑を引き起こしている。だって、典型的な新婚カップルの行動をしてきたとは言えないんだから。アンティリアの法律は即席の結婚を許しはするが、本物の結婚を好む。この国の人たちはうさん臭い目的のための偽装結婚を黙認した、という噂《うわさ》が広がるのをいやがる。つまり、ぼくたちは最善を尽くして、この二人なら安心だと彼らが思うような態度で行動しなければならない。キャンドルに照らされた二人きりのロマンティックなディナーを楽しむのは、そのためだ」

レイチェルは思わず顔を赤らめた。それは罠《わな》だとわかっていたし、引っかかってはいけないこともわかっていた。それでもやっぱり顔が赤らむ。

「じゃあ、二人でルームサービスをとったらどうかしら？」

「きみがそうしたいなら。もちろん、ぼくたちに対する疑惑を避けるために、スイートルームで誰にも邪魔されず、完全に二人きりの食事をする必要があるが……」

レイチェルは唇を引き結んだ。

「けっこうよ。では、一緒にダイニングルームで食べましょう。わたし、着替えてくるわ」

無愛想に言って向きを変えたとき、彼の手に引き止められた。

「花嫁は花嫁衣装のまま食事をするものだ。アクセサリーもそのままで」

「あなたはできるだけ早くネックレスを外させたいんだと思っていたわ！」レイチェルは激しく言い返した。「だって、それがわたしと結婚した理由なんですもの。エメラルドをとり返すのが！」

ヴィートの目の奥で何かが光った。どうやら神経にさわったらしい。

「ぼくがあとで外す」

「わかったわ。その代わり、わたしも結婚証明書をいただくわ。あなたに望むのはそれだけよ！」

あの光がまた彼の目に宿り、レイチェルの血管にひどく気になる小さな渦が起こったように感じられた。シャンパンのせいだろうとレイチェルは思った。

　小道をホテルのほうへ引き返しているとき、傍らを歩くヴィートを見て、レイチェルは反感をいだいた。彼はまるで心配の種など何もないみたいだ。半分ほど入ったシャンパンのボトルが彼の指先で揺れている。いつしかレイチェルの胸に思い出がよみがえっていた。思い出したくもない思い出が。黄昏《たそがれ》時のフォロ・ロマーノをヴィートとそぞろ歩いた思い出が。

　おしゃべりしながら、笑いながら、二人は歩いた。

　二人はとても仲がいいと思っていた。

　でも嘘《うそ》だった。みんな嘘だったのだ。

　レイチェルはヴィートにうながされるまま木の階段を上がり、ホテルの前面を端から端まで走る広いベランダに出た。

　あのときは、わたしがだまされた。今回はホテルの従業員と宿泊客しかだませない。

　レイチェルは両開きドアを抜け、天井の高いダイニングルームに入った。

　ほかの客は……どこにいるのだろう？

　テーブルはひとつしかない。銀器やクリスタルの重量にあえぐテーブルを、そのまんなかに置かれた銀のボウルのなかで揺らめくろうそくの炎が照らし、ボウルのなかにはかぐわしい香りの花びらが浮かんでいる。美しくアレンジされた花々がボウルをとり囲み、二人分セットされた食器の一方の傍らには真っ赤なばらが一輪置いてあった。

　あるかなきかのほんの短い一瞬、レイチェルは飛行機のなかで見た夢を思い出した。スペイン階段を上がっているとき、花売りが一輪の赤いばらをさしだしたあの夢を。

　記憶が夢と溶けあう。世界でいちばん美しい男性がわたしを選び、わたしと一緒にいたいと願い、ベッドに誘った、という揺るぎない自信で、このうえなくきらめくように幸福だった記憶。

ああ、なんと愚かだったことか……。

誰かが音もなく近づいてきた。白い手袋をした執事のアンドレだ。彼はうれしそうにほほ笑み、テーブルに案内した。

レイチェルは時間稼ぎをした。

「プライベートなダイニングルームはいやよ。メインのダイニングルームのほうがいいわ」

執事は困った顔をしている。後ろからそっけない声がした。

「メインのダイニングルームはないんだ」

「じゃあ、宿泊客みんなにプライベート・ダイニングルームがあるわけ？」

「宿泊客ですって？」アンドレが言った。「奥さま、ほかにお客さまはいらっしゃいませんよ。ここはホテルではなく、旦那《だんな》さまがお借りになった屋敷、ハネムーン・ハウスでございますから」

レイチェルはまじまじと執事を見つめ、それからヴィートのほうを向いた。

「ほかに誰もいないの？」

返事は聞くまでもなくわかっていた。この屋敷は、ここを独占できるほど財力のあるカップルの結婚式を手配するために建てられた、ある種の個人住宅なのだ。ほかに誰もいないこんなところにヴィートと二人きりで滞在するわけにはいかない。だが、ヴィートの目のなかに警告の光を見て、レイチェルはその思いもまた心のなかに閉じこめた。疑念をいだかせてはいけない。レイチェルは執事が引いてくれた椅子にぎこちなく座った。アンドレは真っ白なナプキンを振り広げ、彼女の膝にうやうやしく置いてから、ヴィートにも同じことをした。

そのあとに続くサービスも、きわめてプロらしいみごとなものだった。グラスにシャンパンのお代わりがつがれ、冷水の瓶がテーブルに置かれる。温かいロールパンの入った銀線細工のかごが氷水の皿に浮かんだボール状のバターと一緒に運ばれ、おいしそうなサラダの小皿が供された。銀色の文字で印刷されたメニューカードがそれぞれの前に置いてある。レイチェルは、献立表の細い手書き文字を囲む装飾的なウエディングベルとハートの浮き彫りを見つめた。ヴィートは、革表紙のワインリストを巡ってアンドレとあれこれ話しあっている。

アンドレは、これを文句なしに最高のウエディングディナーにすると決めたらしい。

レイチェルは非現実的な感覚に襲われた。この夕食は世界一偽善的かもしれないが、どうすることもできない。それなのに、二杯目のシャンパンが喉を通ったとき、宙に浮いているようないい気分になった。結婚式の試練は終わったのだ。フォークを動かすたびに、金の結婚指輪がろうそくに照らされてきらきら光る。

みんな終わった。もうリラックスできる。何をしようと、すでに成就したものはくつがえせない。母の最後の願いを実現したのだから、わたしは満足していいのだ。

少しずつ体の緊張がとけ、押しつぶされそうなほど重い肩の荷がゆっくりとれていく。もう重荷に耐える必要はない。

なんだか自由になった気分だ。それは実にすばらしい不思議な感覚だった。

ワインもそれを助長した。ワインはたくさんあるらしい。シャンパンのあと、魚料理とともに白ワイン、ラム肉とともに赤のビンテージワイン、デザートに甘口のワインが出た。

ひと口飲むたびに緊張がほぐれ、ただでさえ気になるヴィートの存在がよけい気になってきた。

懸命に彼を見ないようにしているのに、ほんの一瞬見ただけで、視線が合ってしまう。それも何度となく。自分がどうしようもなく愚かなのはわかっているけれど、明日からは二度と彼に会うことはないのだと思うと、胸に痛みが走った。

静かに流れる川のように、彼に対する激しい恋慕の情がゆっくりと抵抗の堤防を切り崩していく。期待、あこがれ、そして欲望の奔流をせき止めるために築いたのに、なんと無駄だったことか。

彼が欲しい。なのに決して手に入らない。決して。今夜が終われば、ふたたび彼に会うこともない……。

ヴィートはテーブルの向かいに座る女性にちらと目をやった。ぼくに対する彼女の意識は、長い食事のあいだに、どんどん高まっている。抑えようとしているのだろうが、ぼくの目はごまかせない。長いまつげの下から、ひそかなまなざしがそそがれ、彼女の意識だけでなく、ぼくの彼女に対する意識も高めてくれる。

レイチェルがたまらなく欲しい。

彼女にも同じように思わせたい。

そうすれば、このうえなく満足だろう。サテンのようになめらかなレイチェルの体に深く深く身を沈めるのと同じくらい満足できるはずだ。

もうすぐ訪れるその瞬間を思うだけで、体が反応する。気持ちをそらそうと、ヴィートはワイングラスに手を伸ばした。うれしいことに食事は終わりに近づいている。いよいよ夜の始まりだ。

7

レイチェルはベランダの手すりに両手をつき、暖かいカリブの夜を見つめた。優しい風が椰子《やし》の梢《こずえ》をそよがせ、浜辺に寄せる波が静かに砕ける音が聞こえる。目が暗闇《くらやみ》に慣れ、しだいに物の形、影が見えてきた。月が空高く浮かんでいる。

まさに恋人たちのための夜。

でも、わたしのための夜ではない。

なんだかのけ者になった気分だ。おとぎばなしの世界のように美しい場所にいるのに、ここの一員ではない。自分をとり囲むすべては現実なのに、自分だけ違う気がする。

そして、これまでずっと恋いこがれ、今も恋いこがれる男性には手が届かない。

レイチェルはわずかに顔を上げた。頬をかすめるさわやかで心地よい風が、シニヨンからこぼれた幾筋かの後れ毛をそっと吹きあげ、腕と肩の素肌を撫《な》でる。

またしても、ヴィートを思うあの恐ろしくも苦しい気持ち、ありえない何かを強く望む気持ちがこみあげてきた。体内にうねるようなうずきが走り、全身が焼きつくされそうだ。

背後で静かな足音がした。

人の気配がする。

目隠しをしていても、洞窟《どうくつ》の奥にいても、それとわかる存在感。あまりにも波長が合っているために、意識下で全身が共振する存在感。

レイチェルは振り返った。振り返らずにはいられなかった。

彼が近づいてくる。

決意にあふれた足どりで。

レイチェルは身動きできなかった。筋肉さえ動かせない。全身が宙に浮き、夢のなかを漂っているようだ。

ヴィートがそばに来た。

どうしてそばに来たのかしら。何が欲しいの？

ほんの一瞬、あのときと同じく、一心に求められている気がして胸が高鳴った。

ヴィートがほほ笑んだ。

皮肉で抜け目ないほほ笑み。長いまつげが下がり、キスしたあとのように、視線がレイチェルの唇をかすめる。

もうすぐキスされる。もうすぐ彼の顔が近づいてきて、唇が重なり……。

「ヴィート……」目で懇願しながら、彼の名をささやく。

ヴィートが手をさしのべた。

もうすぐ頬を包んで顔を抱き寄せ、抱きしめてくれる……。

ところが、ヴィートは彼女の胸の谷間にあるエメラルドに人差し指を当てただけだった。

「そろそろエメラルドを返してもらおうか」

おかしそうに言いながら、もう一方の手がジャケットのポケットに伸び、結婚証明書をとりだす。

「エメラルドを返してくれれば、これを渡す」

夜の闇のなか、謎《なぞ》めいた彼の視線がレイチェルの顔を這《は》う。

傷つき苦しんでいるレイチェルの顔を。

「ぼくたちがここに来たのはそのためだ。ほかにはなんの理由もない。そうだろう？」

彼の口元に浮かんだ笑みが、レイチェルの苦悩を、そして欲望をあざ笑う。

「ネックレスをくれ」

すると、しびれて自分のものとは思えなくなった手が無意識のうちに動き、襟足に届いていた。指のなかで留め金が外れ、重いエメラルドが胸からすべり落ちる。レイチェルは暗闇のなかでそれをとらえ、両手にのせて彼にさしだした。

ヴィートはエメラルドを受けとり、ポケットにすべりこませた。レイチェルの顔をじっと見つめたまま、結婚証明書を細い筒のように丸め、彼女の胸の谷間に押しこむ。

「さて、きみは目的のものを手に入れた。ここに来た目的は果たした」ヴィートは静かに言い、指で彼女の顎を持ちあげた。「これのために来たわけじゃない、だろう？」

彼の唇が近づき、レイチェルの唇をかすめる。

うっとりとしたため息がレイチェルの口からもれた。

ヴィートは唇を離した。

「それとも、これか？」

彼の指先が喉をすべり、うなじを包んだ。それからまた彼女に唇を近づける。

これでは動くことも息をすることもできない。ヴィートが唇をこじ開けて、舌で内部を探っているあいだ、レイチェルはただ立ちつくしていた。

永遠に続くかと思われたキスは、意外にあっけなく終わった。ヴィートが体を引いたとき、レイチェルは低く悲しげな叫び声をもらした。

ヴィートがレイチェルを見下ろした。その目は二人を包む夜のように暗い。

「何が欲しい？」

レイチェルは手を伸ばして彼の顎に触れ、忍耐の限界を超えそうなほど魅惑的な美しく罪深い唇の輪郭をなぞった。

「あなたが欲しいの」レイチェルがささやく。

ヴィートは笑みを浮かべた。堕天使の笑みを。

「だったら、そうすればいいさ」

うながされるまま、レイチェルは彼のベッドに向かった。

ヴィートは部屋の入口で立ち止まり、すばやく彼女を抱きあげて室内に運び入れた。ベッドに下ろされたとき、レイチェルはあえいだ。

ベッドは円形だった。円形で大きかった。白いサテンにくるまれ、その上にふわふわの枕《まくら》がいくつも重ねられている。頭の上には、白いモスリンがギャザーを寄せたベールのように束ねられ、完全なプライバシーが必要ならそれを広げればいい。

ヴィートは、淡い緑色のドレスのまま大きなベッドに横たわるレイチェルを見つめた。

「ようこそ、新婚用スイートルームに」

ほんの一瞬、激しい恐怖がレイチェルの胸をよぎり、彼女は身震いした。

わたしは花嫁じゃない。わたしにはここにいる権利はない。

ヴィートがイブニング・タイを外している。

きらきら光る黒いタイが床に落ちた。黒いタキシードのジャケットが脱ぎ捨てられ、柔らかなソファに無造作に投げられる。そのまま彼はドレスシャツのボタンを外しはじめた。

レイチェルは完全にわれを失った。ヴィートが服を脱いでいるあいだ、彼女は動くこともできず、仰向けに横たわる以外、なすすべもなかった。

一糸まとわぬ姿になったヴィートがベッドの端に腰を下ろし、彼女のドレスの肩ひもに手を伸ばした。それを肩からすべらせ、もう一方の肩にも同じことを繰り返す。そして慎重に身ごろを下げ、胸をあらわにした。

彼の視線にさらされて、胸の先端がとがった。永遠とも思える一瞬、レイチェルはじっと見つめる彼の顔を見つめ返していた。それから彼の名を、そして自分の熱い思いをささやいた。

「ヴィート……お願い……」

ゆっくり、非常にゆっくり、ヴィートの唇が胸に近づいてくる。

そのとき、胸の谷間の折りたたんだ紙が床に落ちた。誰にも気づかれず、顧みられず、とるに足りないものとして……。

「ヴィート……」ささやきはため息であり、呪《のろ》いであり、祈りだった。無上の喜びを内蔵する宇宙、今ふたたび愛を与えようとしているヴィート・ファルネステへの祈りだった。

体はヴィートを知っている。ヴィートの体を知っている。彼がすばやく力強く入ってくると、レイチェルは声をあげて彼を迎え入れた。優しい手と、とろけるような唇、心地よく巧みな指先で愛撫《あいぶ》され、またしても声をあげる。声はどんどん高まる。いかに触れ、いかに愛撫すべきか、ヴィートの指はよく心得ている。

そしてレイチェルを魅了する最高の喜びは、ふたたび彼と愛しあっているという思いだった。あの夜のようなヴィートと。すばらしく魅惑的なあの夜、レイチェルはヴィートによって女になった。

あのとき同様、今夜もレイチェルは体を、自分の存在すべてを彼に投げだした。

愛撫は蜂蜜《はちみつ》のように甘く、火のように激しく、ちらちら揺れながらなめるように体の隅々まで這いまわり、あらゆる神秘的な場所に到達しては肌の上でふざけ、そこを燃えあがらせる。レイチェルは炎を放ち、熱く燃えた。唇と唇、体と体をぴったり重ねてヴィートを抱きしめ、必死にしがみつく。血管で、喉で、唇で、女性のもっとも神秘的な場所で、めらめらと炎をあげながら。

ヴィートは、頭上に上げさせたレイチェルの両手を腕で押さえ、引きしまった力強い体をゆっくりと容赦なく前後に動かした。炎はすばらしい喜びの揺らめきとなり、彼が前後に動くごとに燃えあがって、女性の中心を愛撫する。いつのまにか、揺らめく炎は、今にもあふれそうな熱い池となっていた。

でもまだ……まだよ。

哀願するようにレイチェルは体をそらし、腰を動かしながら、ふっくらと柔らかい唇で必死に彼の口をとらえた。

「ヴィート……」吐息とも哀願ともつかないささやきがもれる。

ヴィートは唇を離して彼女を見下ろした。低い場所から照らす柔らかいランプの光が、彼の顔をくっきりと浮かびあがらせる。

レイチェルは彼を、この世でいちばん美しい男性を、おいしいワインのようにのみこんだ。今まさに愛しあっているこの男性を……。

ヴィートの目に欲望の暗い影が見える。

欲望。レイチェルに対する欲望。レイチェルひとりに対する欲望。

時間が止まり、宇宙が止まり、かつて存在したもの、これから存在するかもしれないもの、すべてが止まった。レイチェルはここで今、まさしく至福の唇に永遠にとらえられようとしている。

彼が体の奥深くにゆっくりと限りなく抑えた最後の一撃を加える。

体の奥で燃える火の池があふれそう……。

溶岩のように血管からあふれ出た甘く耐えがたい興奮は、次々と訪れる熱く波打つ喜びのうねりとなって外に広がり、体内のあらゆる細胞、あらゆる分子を満たしながら、腕や脚に流れこむ。

全身が感情のるつぼと化したとき、レイチェルはまつげをしばたたきながら目を閉じ、この世のものとも思えない鋭い声をあげた。

ヴィートがまた動いた。おもむろにではない。抑えられてもいない。激しく、貪欲《どんよく》で、むさぼるような動きだ。

彼が身を震わせながら侵入してくる。彼の喜びはレイチェルの喜びでもあった。体をヴィートに向かって弓なりにそらしながら、頭を揺り動かし、かかとを寝具に食いこませて、レイチェルはまた声をあげた。

やがて、最後の力強い脈動でヴィートの高まりが最高潮に達し、ふいに彼の全体重がレイチェルにのしかかってきた。疲れはて、消耗し、満ち足りたレイチェルの上に。

彼女を抱きしめていたヴィートの両手がゆるんだ。腰に彼の重みを感じる。レイチェルの全身を焼きつくした欲望の最後の残り火が消えた。

体は汗ばみ、胸の鼓動は乱れ、目はうつろな状態で呆然《ぼうぜん》とヴィートを見上げる。

彼も見下ろしている。汗に濡《ぬ》れた額にかかる乱れ髪、くっきりと浮かびあがった頬骨、ぴんと張った首の筋肉がレイチェルの目に映る。長く果てしない一瞬、彼女は話すことも動くこともできず、ただひたすら彼を見つめるばかりだった。

ヴィート……ヴィートが愛してくれた。そして、夢のなかでさえ行く勇気のなかった場所に連れていってくれた。今、レイチェルはそこにいた。彼のベッド、彼の腕のなかに。

これでうまくいく。レイチェルは心の底から確信した。どんなに理解力のなさを自認していようと、たった今起こったことの本当の意味を否定することはできない。毒にまみれた過去は消え、二人で共有した情熱の炎に焼きつくされたのだ。

レイチェルはヴィートを見上げた。呼吸はまだ荒く、体は今なお激しく震えている。

ゆったりと物憂げにヴィートが顔を近づけ、そっとキスをした。だがレイチェルはキスを返すこともできないほど疲れはて、ぐったりと仰向けに横たわっていた。

ヴィートがキスをやめて顔を上げ、ほほ笑んだ。

そして彼が話しだした瞬間、レイチェルの息が喉で止まった。

「ぜひ聞きたいものだ、ぼくの精力絶倫のサービスがいつまた欲しくなったか。これからも今のように反応すると約束するなら、いつでも歓迎する。十八歳のときよりずっとうまくなったよ。恋人がよかったんだな。よく仕込んでもらったらしい。彼に、ぼくが褒めていたと伝えてくれ。彼の指導力に大いに感謝しているとも」

ヴィートの言葉は聞こえていたが、レイチェルは何も言えず、全身が恐怖にむしばまれるあいだ、そこに横たわっているしかなかった。

ヴィートが体を引いた。薄暗い明かりに、汗ばんだ素肌が光る。非の打ちどころがないほどたくましい筋肉。これこそヴィート・ファルネステの体だ。

堕天使の心を持つ、堕天使の体。

ヴィートは立ちあがり、彼女を見下ろした。

「シャワーを浴びたい。一緒にどうだい？　そうすれば……また元気が出るかもしれない……」

触れるつもりなのか、ヴィートが手を伸ばしてきた。

レイチェルはとっさに逃げた。地獄のあらゆる悪魔、いいえ、たったひとりの堕天使に追いかけられているかのように。死にものぐるいの手負いの動物さながら、ふらふらとベランダ伝いに自分の部屋へ逃げこんだ。

必死になって両開きのガラス戸を開け、ぴしゃりと閉めて、手探りで鍵《かぎ》をかける。

傷つき、打ちひしがれた叫び声とともに、レイチェルはベッドに倒れ、墓場に体をうずめるように寝具にもぐりこんだ。

　そして脚を引き寄せ、背中を丸めて、頭と腕を内側に固定した胎児の姿勢、本能的自己防衛の姿勢で横向きになった。

　すすり泣くことさえできずに。


　ヴィートは空っぽのベッドを見下ろした。なぜか胸にぽっかり穴があいた気がする。

　結局、考えていたとおりのことをしたのだ。レイチェル・ヴェイルをベッドに誘い、ちょうど食べごろに熟した体を隅々まで楽しんだ。

　彼女も楽しんだと、まぎれもなく確信している。

　つまりは、それこそがこの茶番劇の目的だったのだ。彼女の顔から、人をばかにしたような、ぼくに対する偽りの軽蔑《けいべつ》の表情を一掃するのが。

　とりあえず、あの表情が偽りであることは証明した。くそっ《ディーオ》。ぼくが体を動かすたびに、彼女は火のように燃えた。

　そしてぼくも……。

　腹立たしげに口元が険しくなった。どうして燃えあがらずにいられるだろう。レイチェル・ヴェイルにかかったら、どんな男でも欲望をかきたてられてしまう。

　これまでもそうだった。

　二度目に彼女と会って以来ずっと。

　あのときのことが鮮やかによみがえる。

　彼女はひどくとほうに暮れた顔で、大勢の人のなかに立っていた。髪は淡い金色のベールのようだった。思わず引きつけられ、近づいていったとき、彼女がひどく若いことに気づいた。

　そして、初めて彼女の前に立ち、ほほ笑みかけた瞬間、まったく男性経験がないのがわかった。

　自分がどんなに彼女を欲しがっているかも。

　ヴィートは記憶を締めだした。レイチェルを思い出すことにどんな意味があるというんだ？

あのときだろうと、今だろうと。

いらだたしげに上掛けをめくり、ベッドに横たわる。

そのとたん、彼女がいないことが鋭いナイフのように胸を刺した。

もう一度彼女が欲しい。

だが、すぐに迎えに行くのはやめよう。今はほうっておいて、現実に直面させたほうがいい。彼女はあなたなんかなんとも思わないわ、わたしを拒否する恋人に見せびらかすためにあなたの結婚指輪を薬指にはめたいだけよ、と言うかもしれない。どんなにそう主張しようと、手にとりさえすれば、レイチェル・ヴェイルはぼくのものだ。

いつまでも！

ベッドに横たわったまま、白いモスリンの覆いを見つめていると、ここが新婚用のスイートルームだという事実を思い出し、いらだちがつのった。ヴィートは手を伸ばし、ベッドサイドの明かりを消した。あたりが闇に包まれ、エアコンの低い音だけが耳に響く。満足はしていても、体はどうにも落ち着かず、心は荒れ狂っている。そういう状態にあるという事実そのものに、動揺してしまう。しかし、動揺する理由などないのだ。まさに望んだもの、レイチェルが提供すべきものを手に入れたのだから。

敏感で官能的な彼女の体を。

というのも、七年前に、ヴィートが望みうるものはすべてレイチェルのなかにあると悟っていたから。

ほかのものは幻想にすぎない。

残酷でむなしい幻想。

ヴィートは険しい顔でじっと暗闇を見つめた。

歯ブラシをとろうとした手が震えていた。止めようとしたが、止まらない。レイチェルは歯磨きのチユーブをとり、歯ブラシに豆粒ほどの練り歯磨きを絞りだした。

強いミント味が、ゆうべ飲んだアルコールのいやな酸味を消してくれる。ついでに昨夜の記憶も消してほしい。

だめ、考えないで。何をするにしても、考えるのだけはだめ。

レイチェルはぞんざいに歯を磨きながら、心のなかでその言葉を呪文《じゅもん》のように繰り返した。

わたしは知っていた。ヴィートがどんな男か、知っていた。長く苦しかった七年間、ずっと知っていた。だから言い訳はできない。何も。

あのヴィートが変わるはずはないのに。

でも、彼に変わってほしかった。わたしが誤解していたと思いたかった。彼を信じたかった……。

ずっと前に思っていたとおりの男性であってほしかった。けれど、ヴィートがそんな男性だったことは一度もない。すべては幻想だ。

残酷でむなしい幻想。

そしてゆうべ、ヴィートはまたしてもあの幻想を呼びだし、ふたたびわたしを欺いた。あのときと同じように楽々と。

今回は、世間知らずの小娘だったとか、彼の本性を知らなかったとか、言い訳はできない。

何もかも身から出た錆《さび》なのだから。何もかも。

嫌悪感がこみあげる。ヴィートに対してばかりか、自分自身に対しても、自分の愚かさに対しても。

シャワーを浴び、寝室に戻って庭を眺めると、まだ朝早い時間で、太陽が建物の裏手の地平線から顔をのぞかせたばかりだった。従業員の誰かが起きだすのはいつごろだろう？　誰か起きれば、島から空港に向かう手はずを整えてもらえる。レイチェルは、ここへ来たときに着ていた服に着替え、ほかのものをスーツケースに詰めこんだ。ところがウエディングドレスがない。まあいいわ、あんなけがれたドレスなんか二度と見たくないもの。だが、小さなスーツケースのふたを閉めたとき、忌まわしい事実に気づいて、彼女は凍りついた。

結婚証明書がない。そういえば誘惑を始めたとき、ヴィートはそれを胸の谷間に押しこんだのだった。だとすれば、彼があのドレスを脱がせたとき、落ちたのだろう。

レイチェルは吐き気をもよおすようなショックに見舞われた。

無理よ、あそこにはとてもとりに行けない！

とはいえ、はるばるカリブ海の島まで来たのはあの証明書のためだ。あれこそ、この薄汚れた悪夢の唯一の目的なのだから、とりに行くしかない。

鉛のように重い恐怖心に縛られながら部屋を横切り、慎重に両開き戸を開けてベランダに出ると、早朝の冷気が押し寄せてきた。レイチェルは何げなく庭に視線を向けた。

そこで息をのんだ。

誰かがプールで泳いでいる。長い腕でリズミカルに水をかいている。

チャンスだ。ふいにそんな気持ちに襲われ、レイチェルは顔を右に向けた。新婚用スイートルームのドアが開けっぱなしになっている。

プールにいるのはヴィートに違いない。きっとそうだ。あれこれ考える暇もなくレイチェルは部屋に飛びこみ、怯《おび》えた目でざっとなかを見まわした。人影はない。大きな円形のベッドは空っぽで、上掛けは床に落ちている。

あの丸めた紙を見つけなければ！　なんとしても見つけなければ！

床には見当たらない。気は進まないながら、レイチェルはベッドの上を捜した。

あった！　寝具にくるまれていたせいでくしゃく

しゃだったが、伸ばしてみると、ちゃんと字は読めるし、破れてもいなかった。レイチェルは膝をついて立ちあがった。

「おや、待たせてしまったかな。ぼくを捜しに来たのかい？　どうやら、例のお楽しみを再開したくてたまらないようだな」

ヴィートが水着姿で開け放たれた両開き戸のところに立っていた。全身が水滴で光り、髪は濡れてシルクのようにつややかに輝いている。肩にはタオルがかかっていた。顎の輪郭に沿って無精髭《ひげ》がうっすらと生えている。

レイチェルはベッドから下りてヴィートと向きあい、手のなかの証明書を示した。

「これをとりに来ただけよ」

彼が部屋に入ってきた。一見リラックスしているようだが、よく見ると全身に緊張感がみなぎっている。

「ぼくの精力絶倫のサービスは、きみの厳しい要求基準に達していないと言っているのか？　ゆうべは充分満足して、喜んでいるように見えたけど。飽くことを知らず、せがんで、息を切らして求めていた。きっとまた喜ぶさ。せがんで、息を切らして求めるに決まっている……」

ヴィートが目の前に立ち、手を伸ばした。

レイチェルはさっと飛びのいた。

「いやな人！　下劣でぞっとするわ。よくもそんなことが言えたものね！」

「高潔ぶって怒ってみせても、事実は洗い流せない。七年前も、今も。だから今回は、芝居などやめてもらおう。もう必要ない。ぼくの結婚指輪はすでに手に入れたんだから。何年も前に、あのご立派な母親と一緒にたくらんで以来、ずっと欲しがっていた指輪をね！　自分を餌《えさ》としてさしだして、ぼくをつかまえようとしたあのときに。学校の教室から直行した〝かわいいミス純潔〟が、実際は金持ちの夫をつかまえるためなら、いつでも喜んで体を与える女だったとは！」

レイチェルの顔から血の気が引いた。「いったいどういう意味……自分をさしだすって？」

「ばかにするな！　ぼくを陥れたくせに。キスされたこともない魅力的な十八歳、絵のように可憐《かれん》な乙女のふりをして！　だが、本当は母親と同じく、けがらわしくてずる賢い女だった！　あの朝、親ばかで過保護なきみの母親は、ちょうど都合のいい時間に、ぼくの父とたまたま帰宅して、バージンだった愛する娘が情夫の息子と寝ているところを発見した。彼女もきみも本気で信じていたんだろうさ、これでぼくの父が息子にきみとの結婚を迫るだろうと！　きみの純潔を奪ったんだからね。ひどく慎重に守られてきて、その後、夢のような経済的利益を期待して捧《ささ》げられた純潔を。つまり、経済的利益を約束するファルネステ家の一員との結婚だ！　母親が達成できなかった夢を、代わって娘が達成しようとしたわけだ」

失神しそうな感覚が、深い霧のように渦を巻きながらレイチェルをたぐり寄せた。

「そして今、きみはまんまとそれを成し遂げ、ファルネステ家の一員を夫として手に入れた！　きみの純潔だけでは充分な代価にならなかっただろうが、ファルネステ家のエメラルドが目的を達成させたというわけだ。そういう立派な目的のためなら、きみの母親がエメラルドを犠牲にする決心をしたのもうなずける。何しろ彼女の娘とぼくの結婚だからな！　二度目の正直……。ただ今回、きみはぼくに渡すべき釣り銭をごまかすつもりだったんだろう？　七年前、セックスはぼくをつかまえるのに効果がなかった。そこで今度は、それをメニューから外した。ぼくは今回、きみの体を自分のものにして楽しもうとさえしなかった。だから、あの安っぽくて悪意に満ちた子供っぽい拒否は復讐《ふくしゅう》になるはずだった。そうじゃないのか？　以前、ぼくに結婚を拒否されたことに対する復讐だ。違うのか？」

ヴィートの目のなかに炎が見えた。暗く燃える炎が。

「きみはぼくを拒もうとした。その美しい体でぼくを愚弄《ぐろう》し、だまして目当てのものを巻きあげようとした。ところが、野心的でずる賢いはずの頭脳が計算違いをしでかした。つまり、自分自身の性的欲望を過小評価したんだ。ぼくが触れるたびに、きみはぼくを求めた。火のように燃えて。だから、嘘《うそ》はつくな！　ぼくが欲しくないなんて言おうと思うな。ゆうべきみをベッドに引き入れるのに、何が必要だった？　たった一回触れただけで、たった一回キスしただけで、きみはもうそこにいた。きみは満足することを知らない。ゆうべぼくを欲しがったし、今も欲しがっている！」

ヴィートは向きを変えた。

「ぼくはシャワーを浴びてくる。それから二人で朝食だ。逃げようなどと思うんじゃない。ゆうべも言ったように、偽装結婚をしたと非難されるのは困る。ぼくたちはここでハネムーンを過ごすんだ。楽しくてロマンティックなハネムーンを。ぼくのかわいい花嫁は、夫に望むものをすべて手に入れることができる。ぼくも、体験から知ったきみのあの能力を楽しむつもりだ」

ヴィートは部屋続きのバスルームに入った。ドアを閉めるうつろな音が響く。

レイチェルはよろめいた。脚が綿のようだ。

どうしてヴィートはあんなふうに真実をひっくり返してしまえるの？　七年前の破廉恥な行為を、自分が犠牲者に見えるようにねじ曲げるなんて。不当に扱われた当事者？　結婚に追いこもうとするたくらみの犠牲者？

彼は自分のしたことを、抜け目なく、故意に、計算ずくで、百八十度逆転させてしまった。わたしを悪だくみを計画した悪者に仕立てあげて！

「ろくでなし！」レイチェルは口のなかでつぶやいた。「責任をわたしに押しつけるなんて、まったくなんてひどい人なの！」

むくむくと怒りが頭をもたげ、息もできないほど胸いっぱいに広がって視界をかすませた。あまりの怒りに体が震える。

いまだかつて、七年前の苦しみから脱したことはない。一度として。それはまだ心の奥にあり、彼女の人生を膿《う》ませ、傷つけている……。

それにしても、わたしはどうしてあんなことを考えたのだろう。ヴィートがいつか、わたしにした仕打ちを後ろめたく思うかもしれないなんて。

あのころ、わたしはラテン系のプレイボーイのことなど何も知らない、十八歳の高校生だった。そしてお人よしにも、一生忘れられない夢のような恋を見つけたと思っていた。

とんでもない！　ヴィートは決して後悔なんかしない。一瞬たりとも、するはずがない。自分に都合よく事実をねじ曲げ、わたしに責任をなすりつけるだけだ。そうすれば、傷ひとつないぴかぴかの良心のままでいられる……。

またしても怒りで目の前がかすんだ。レイチェルは勢いよくドアに突進した。怒りに燃える熱い血が音をたてて体を流れている。激怒、憤り、そして燃えるような欲望。ヴィート・ファルネステが彼女の頭に何を投げつけようと、何事もなしにすませるわけにはいかない！

レイチェルは足音も荒く部屋を横切り、バスルームのドアをぱっと開けた。

真っ赤な怒りの霧がまだ目の前に立ちこめている。

七年分の怒りが。

ヴィートは髭を剃《そ》ろうと、洗面台にかみそりを置き、シェービングジェルに手を伸ばしていた。腰に巻いた白いタオルが、日焼けした地中海人特有の肌をブロンズ像のように浅黒く見せている。広い肩から引きしまった腰まで、筋肉質のみごとな背中がくっきりと浮かびあがっている。鍛えあげられた筋肉、腱、骨格のひとつひとつが、男性美への賛歌だ。レイチェルは息をのんだ。

困ったことに、彼が動きを中断し、手をゆっくり下ろして、鏡のなかのレイチェルと目を合わせた。

だが、彼のその目にあるべきものがない。

ローマのアパートメントで平然とベッドから出て、レイチェルの母に、あんたの大事な娘は〝それを待ち望んでいた〟と告げたときから、ずっとそこにあったものが。

時間が止まった。

そのとき、ふいに気づいた。最後にこんなふうにヴィートの目を見つめたのは、彼の腕に優しく支えられているときだったと。乙女から女性へのすばらしい旅のせいで、体はまだ震えていた。彼はほほ笑みながら、尊敬の目で見上げるレイチェルの顔から、髪をそっとかきあげてくれた。

〝ぼくの美しい人《ミア・ベッラ・ラガッツァ》……〟

あの言葉が聞こえる。それは七年ものあいだ、ずっと聞こえていた。イタリア語の静かなささやき、そして優しいリズム。ヴィートがしてくれたキスを今も感じる。額に、まぶたに、そして唇に。

あのとき彼女は天国に昇った。

そして今、ほんの数秒、あの瞬間が戻ってきたような感覚に陥った。彼の目をじっと見つめながら引き寄せられ、抱きしめられたあの瞬間が。

一瞬、彼女のなかで何かが消えた。固くて醜い塊のようなものが。長く体内に居座り、今や彼女の一部になった、悪性で浸潤性の強い潰瘍《かいよう》か何かが。

彼女が絶対に逃れられないもの。

彼女の人生を乗っとったもの。

だが、そのとき気づいた、この長い七年間で初めてそれが消えはじめたと……。

ふいにヴィートが振り返った。

目が意地悪く光っている。

美しく、破壊的だ。さすが堕天使。

今ようやく彼の本質が見えてきた。ずっと彼のなかにあったのに、あまりにも見る目がなくて気づかなかった本質が。

「一緒にシャワーを浴びに来たのか？　じゃあ、髭を剃るあいだ、ちょっと待っていてくれ。あとにしてほしい？　いいとも。髭を生やしたままでも、かまわないさ。それがイギリス人女性のご希望なら。恋人たちに望むことを、なんでも言ってくれ。ぼくの精力絶倫のサービスがほかの恋人より劣るのはいやだからね。でも心配するな。ぼくだって……創意工夫にたけている。きっと思い出に残るハネムーンになるさ」

いつのまにか、レイチェルの目はヴィートのみごとな体に吸い寄せられていた。

ゆうべわたしは、この体に触れ、愛撫し、キスの雨を降らせた。そして彼を迎え入れ、二人の体を融合させて、激しく彼を求めた。激しく……。

あてにならない裏切り者、例の弱点が血管からあふれだした。焦がれる思い、恐ろしいほどの期待。その激しさがわれながらショックだ。

レイチェルは冷水を浴びせられたかのように、さっとヴィートから目をそらした。

「さて、この明るいカリブの朝、どんなセックスがお望みかな？　精力的で、気分が盛りあがるように、シャワーを浴びながら？　それとも、ジェットバスでもう少しけだるいのがいいか？」

レイチェルは喉で息がつまるのを感じた。出てきた声はとげとげしかった。

「わたしはもう行くわ。イギリスに帰るの。帰ったことでわたしたちの結婚が無効になってもならなくても、どうでもいいわ。だって、欲しかったものは手に入れたんですもの。この結婚証明書よ！　でも、あなたにひと言言ってからでないと、出ていくつもりはないわ。七年前のローマでの出来事を、あなたはねじ曲げている。それも、もとの姿が見えなくなるほど。たぶん、意地悪で心のひねくれたあなたのことだから、実際自分の見方が正しいと思っているのかもしれない。でも、そうじゃないわ。あなたは知っているはずよ！　知っているくせに！　わたしは何もたくらまなかった。何も。あなたが非難したようなことは何もね！」

ヴィートの目から光が消えた。

うんざりするほどセクシーなポーズも消えた。

あれはポーズだったのよ。今でもね！　彼がたった今提案したことは、まったく本心じゃない。わたしに恥をかかせ……プライドを傷つけるために言っただけ。ゆうべもそうだったように……。

恥ずかしく屈辱的なその事実を、レイチェルは頭から追い払った。今となってはどうでもいいけれど。ここを出ていくのだから。出ていけば、二度とヴィートに会うことはない。恥をかかされることも、傷つけられることもない。あのけがれた性行動でいやな思いをさせられることも……。

だけど出ていく前に、彼に、そして十八歳のときの彼の仕打ちに、軽蔑、嫌悪感、怒りのすべてをぶつけたい！

レイチェルは話を再開しようと、すばやく息を吸った。だがヴィートのほうが早かった。

「何もたくらまなかっただと？　よくもそんなことが言えたな！　そもそもの最初からきみは嘘をつい

た。ぼくが誰か知っていたくせに。あのパーティで、ぼくはきちんと紹介された。なのに、きみはまばたきひとつしなかった！　そして、自分が誰か気づかれないよう、用心深く身元を隠した。そうだろう？　ぼくを知っているとは言わず、偽名を使ったんだから。レイチェル・ヴェイルと！」

　レイチェルは目を見開いた。

「それは……それはわたしの名前よ」

「きみに父親はいない。姓は、きみの母親の姓と同じだ。未婚の母親のな！」

「母はわたしに父の姓を与えたのよ。それしかできることがなくて。父親として彼の名を書くわけにはいかなかった。彼が同意しなかったから。母が妊娠を打ち明けたときも、せせら笑っただけで、母に何も与えなかった。指輪も、扶養料も。だから、母はわたしにわざと父の名前をつけたの。この結婚証明書にも、その名前でサインしたわ。気づいてないかもしれないから、念のために言うけど……」

　彼女の必死の弁明も、ヴィートは無頓着《むとんじゃく》に片手で退けた。

「それでも、母親が誰か、言おうと思わなかったのか？　二週間もあったのに。ぼくたちは毎日一緒に過ごした。なのに、きみは一度も言おうとしなかった！　そしてあの朝、実に都合よく現れるよう、母親に前もって入れ知恵をして、かわいい娘が情夫の息子とベッドにいるところを目撃させた！　ぼくの父が、父親として怒りの鞭《むち》をふるい、ぼくにきみとの結婚を迫ると期待したんだろう！」

「そうじゃないわ。ごまかしたのはあなたよ！　わたしが誰か知っていて、わざとわたしを誘惑したんじゃない。母をいじめるためだけにね！　そして今と同じひどい言葉をわたしに投げつけた。あのときもあなたを憎んだけど、今も憎むわ。まったく、哀れな人。あんな仕打ちをしたあなたを、死ぬまで憎みつづけるわ！」

「だったらきくが、七年前のぼくの仕打ちとやらがそんなにいやだったのなら、計画が失敗してローマから逃げだしたあと、どうして必死になってぼくを追いかけたんだ？　ぼくに結婚する気がないことはもうわかっていたのに、三カ月間、ぼくにつきまとって離れなかった。ぼくがイギリスにいるとわかったら必ずロンドンのオフィスに現れたし、ぼくがどこにいても電話でつかまえようとした。ぼくが経験させたものが、もっと欲しかったからだろう！　それで……」ヴィートは冷ややかなまなざしで彼女を見た。「〝かわいいミス純潔〟としてのきみの見解と、うまく噛《か》みあったかな？」

　レイチェルは何か言おうとして口を開け、また閉じた。七年前がきのうのことのように思い出される。恥を忍んで彼との接触を求め、ファルネステ産業に電話して、どうしても彼と話をしようと決意したときの絶望感が。

　あんなに必死だった理由を、どうして彼に教えられるだろう。言えるわけがない！

　そのとき、どす黒い荒波に襲われたように、突然気づいた。ヴィートを攻撃しても、自分を守れる見込みはないと。どんな場合でも、彼は自分を正当化するだろう。

　それなら、何も気にする必要はない。ヴィートはもうご用ずみだ。彼が地獄で朽ちはてようと、自分には関係ない。目的のものはもう手に入れた。

　それ以上のものを。だましの達人からふたたび教訓を学んだのだ。ああ、神さま、どうかこれが最後になりますように！

　レイチェルは彼に背を向けた。もうたくさん。

　初めて会ったときから、ヴィート・ファルネステは災いのもとだった。彼は血液にひそむ熱病の病原体のように不健康で、薄汚い。

もう何年もそれを体内から排出しようとしてきた。もしかしたら、見苦しい大失敗を経験した今、ようやく体内から彼を追いだせるかもしれない。

レイチェルは廊下に続く戸口へ向かった。

「レイチェル！」

ヴィートの声が麻痺《まひ》した耳を通り抜ける。

「地獄に落ちるのね、ヴィート」くぐもった声で答え、レイチェルは部屋を出た。

その言葉は的確ではなかった。そのやり方では彼を追いだせない。

自分が今いるところこそ地獄なのだから……。

8

ヴィートは黙って彼女を行かせた。むなしく暗い怒りが胸にふくれあがる。

レイチェル・ヴェイルは無罪を主張した！　わたしは生まれたての子羊のように清らかだ、あなたに結婚の罠《わな》を仕掛けたことはない、と。

七年後にそう言うのはたやすい。だが、二人でいるところをアーリーン・グレアムに踏みこまれた瞬間は、一生記憶に残るだろう。

七年前の朝、眠りから覚めると、あの甲高い叫び声が聞こえてきた。レイチェルの母親が金切り声をあげ、何も知らないわたしの大事な娘を誘惑するなんて、と食ってかかったとき、当の〝かわいいミス純潔〟は上掛けをしっかり握りしめ、いかにもショックを受けたふりをしてあえいでいた。すぐさまヴィートはこれは罠だと悟り、逃れる道はひとつしかないと気づいた。

形勢を逆転させてやる！

彼は体を隠そうともせず、落ち着き払ってベッドから下りると、無造作にジーンズに手を伸ばした。

何を言ったか正確に覚えている。

〝誘惑だって？　あんたの娘がそれを待ち望んでいたというのに……〟

一瞬、アーリーン・グレアムが脳卒中を起こすかと思った。彼女はますます声高にわめき、娘の反論をほとんどかき消した。

レイチェルが発した声はひどく静かだった。あえぎでも、うめきでも、すすり泣きでもなく。

打ちひしがれたような声とでもいうか……。

いや、違う。レイチェルの反応はすべて、母親とともに練りあげた計画の一部だったのだ！　アーリーンは非難する母親の役、レイチェルは純潔を失った娘の役を演じた。そしてヴィートの父はもちろん、厳しい声の家長の役が想定されていた。卑怯《ひきょう》な放《ほう》蕩《とう》息子に、裏切られた若い娘の失われた名誉を償うよう命じる役が……。

だが、エンリコはそれほど愚かではなかった。愛人の高慢な鼻をへし折り、見せかけのヒステリックな怒りの叫び声を静かにさせた。ぼく自身については、あとになって父がわきに引き寄せ、ぶっきらぼうに告げた。アーリーンの娘と結婚する気が少しでもあるのなら、ほかの働き場所を探すんだ、それも給料のいいところを。なぜなら、おまえはファルネステ産業の相続権争いから外れることになるから、と……。

レイチェルを振り払うのに大して時間はかからなかった。だが、彼女はぼくをとり戻そうと懸命だった。三カ月間にわたる電話作戦をノンストップで繰り広げた。

どうしてあきらめたかは神のみぞ知るだ。おそらく、つきあいたくないというぼくの意思にようやく気づいたのだろう。

かつては、彼女をぼくの美しい人《ミア・ベッラ・ラガッツァ》と呼び、腕に抱きしめて、彼女の体が震えるのを感じた。

なぜなら、レイチェル・ヴェイルはそれまでつきあったどんな女性とも違っていたから。

しかも最初の瞬間にそれがわかった。あれは、いろいろなパーティに出るヴィートが、ついでに立ち寄ったパーティにすぎなかった。彼はまわりを見渡し、好ましい女性を選別して、そのなかからひと晩、あるいは雰囲気しだいでそれよりもう少し長く、楽しませてくれそうな女性を選ぶつもりだった。長いといっても、数週間か、せいぜい一、二カ月、それ以上は考えていなかった。さもなければ、女性たちは野心を持ち、ヴィートを教会の祭壇に連れていこうと夢見るようになる。

だが、そんなところへは行きたくもなかった。父が母にしたこと、それが母に及ぼした影響、母の人生の無惨さを見てきたから。それに、父の通った道を歩む気はなくても、結婚相手の女性がヴィートにしがみついて離れないことは、うぬぼれ抜きでわかっていた。その女性に飽きても、結婚を解消するのが厄介なことも。おまけに、そのころには子供もできているだろう。ヴィートはいつも両親の板ばさみになって苦しみながら成長した。子供にそんな経験はさせたくなかった。

そんなわけで、思春期に突入し、財力と容姿の組み合わせが持つ力を発見して以来、女性は彼にそういうイメージをいだき、将来もそのイメージを保つはずだった。自分がちやほやされていることは知っていた。選択肢が多すぎて選ぶのに困るほど。欲しいのに手の届かない女性はいるにしても、ごく少ない。既婚の女性には近づかなかった。浮気はこれまでさんざん見てきたから、自分自身で経験したいとは思わない。彼と同じことを望む女性に限定していた。彼が望むのは、気楽で、性的に満足でき、あとを引かず、無意味な感傷とは無縁な関係だ。

それが、あの夜までみごとに機能した絶対確実な公式だった……。

なのに、どうしたんだ？　ぼくの目をとらえたあの物静かなイギリス人の若い娘の場合は。いまだに答えがわからない。ほかにも二人、イギリス人の若い娘がいたが、まったく違うタイプだった。彼女たちは性的な事情に通じ、すでに経験もあるらしく、自信たっぷりで、大胆で、動じない感じだった。そして関心はもっぱら、男とふざけたり、ダンスをしたり、カクテルを飲みながらファッションや音楽や映画の話をしたりすることにあった。

レイチェルはまったく違った。

彼女は歴史、芸術、文学、古典作品、言語、政治経済などを話題にしたがった。

だからといって、ヴィートに認められようと、インテリぶるわけではない。このうえなく楽しそうに、トレヴィの泉でコインを投げ、いろんなアイスクリームの味見をし、ボルゲーゼ公園の並木道を足踏み式二人乗り四輪車で走った。

あこがれのまなざしで幸せそうにヴィートを見上げていたが、自分ではそんな表情をしていることさえ気づいていなかっただろう。だがヴィートは気づいた。気づいたが、それを利用することはできないし、利用してはいけないと思った。

彼女がバージンなのはすぐにわかった。男の流儀にまったく慣れていないことも。そしてそれが男にとってどんなに魅力的か、自覚していなかった。

二週間ものあいだ、ヴィートはためらった。どんどん触れたくなっていくのに、最大限に自制心を発揮して自分を抑えた。もしも触れたら、後戻りできないことはわかっていた。なぜなら、彼女の魅力は一日ごとに、一時間ごとにふくらんでいたから。彼女への思いは激しかったが、それを外には出さなかった。つややかな髪、澄んだきれいな目、優しい唇の曲線、ほっそりと美しい体、優美な胸のふくらみ、丸みをおびた魅力的なヒップ、かもしかのようにすらりとした脚など、目で愛撫《あいぶ》することさえ自分に許さなかった。

思いはうずきに変わった。彼女が欲しかった。

なのに、その気持ちを隠した。

あの最後の夜までは。陽気にふるまう陰で、彼女はとても寂しげだった。そのころには、一緒にいても彼女は緊張しなくなっていた。ヴィートは彼女から話を引きだし、安心感を持たせて、彼を信用させた。翌日、彼女はイギリスに帰国することになっていた。

もうすぐ終わるはずだった。何もかも。

だが急に彼は気づいた、まだ終わらないと。終わるわけがない。ナヴォーナ広場で一緒にコーヒーを飲んだとき、あれほど思慕の情をこめてヴィートを見つめていたのに、終わるはずがない。

ヴィートは彼女から離れられなかった。

そこであの晩、初めて彼女を見たときからしたいと思っていたことをした。衝動的に彼女をファルネステ家のアパートメントに連れていったのだ。そんな衝動は抑えなければいけないとわかっていながら、抑えられず、抑えたいとも思わなかった。

彼女はヴィートがそれまで夢見てきたすべて、あるいはそれ以上だった。なぜなら、彼女のような若い娘とつきあったことはなかったし、無垢《むく》な乙女を女にするという、あの美しくも驚異に満ちた過程を経験したことがなかったから。非常に繊細な陶器のように慎重に扱ったのに、彼女は甘く情熱をこめて自分をさしだし、彼の五感を燃えあがらせた。

そして、彼女の柔らかい体を守るように抱いて横たわっているとき、永遠に自分の在り方を変えるような何かが起こったことに気づいた。

だが翌朝、金切り声をあげるがみがみ女が現れた。そして、自分が世界一愚かなかもとみなされていたことを知った……。

今も胸のどこかに、七年前の朝と同じ痛みを感じる。

全身を引き裂くような痛みを。

ヴィートがサン・ピエールを発《た》つころ、レイチェルはとっくにいなくなっていた。かまうものか。もし偽装結婚の疑いを持たれたら、適当な話をでっちあげればいい。午前中ずっと仕事の遅れをとり戻すのにかかりきりだったせいで、感情的な妻がオペラの主人公のようにふるまった、とかなんとか。

まさにそのとおりにヴィートは行動し、トリノとロンドンに電話やメールで連絡するのに二時間かけた。無理やりデスクを片づけ、ヨーロッパ本部にもうひとつ電話をかけおわったとき、父のことを思い出した。憑《つ》かれたように働いたあと、あちこちに電話をかけ、アーリーンと姿を消した父を。だが愛人でさえ、父をストレスから解放できなかった。仕事の重圧から父は怒りっぽくなり、すぐにかんしゃくを起こし、機嫌がよかったことはめったになかった。

アーリーン・グレアムは間違いなく金が目的だったのだ。父の愛人を務めるのは楽な仕事ではなかっただろう。父は一緒に暮らしやすい男ではない。それでも、たっぷりの報酬と安楽な生活が手に入るかぎり、損のない仕事だと思っていたに違いない。もっと扱いやすいほかのパトロンのもとに走ろうとはしなかったのだから。おそらく父は、息子を愛しているふりをしたよりもずっと愛人をかわいがったのだろう。

だが、エンリコはアーリーンに何も遺《のこ》さなかった。別荘《ヴィラ》さえも。定期的に現金を与えられた以外、彼女は出ていくとき、情夫から有形の資産は受けとっていない。

あのエメラルドを除いて……。

さて、エメラルドはもうとり戻した。しかも、経費はカリブまでの旅行だけですんだ。こんなに安い買い物があるだろうか。

そのうえ、甘いおまけとしてレイチェル・ヴェイルをベッドで楽しんだ……。

今の彼女は実にすばらしい。

どんなにレイチェルが抗議しようと、どんなにあの〝かわいいミス純潔〟を演じてゲームをしようとしても、その手はもう古い。嘘《うそ》をついているのはわかっている。今彼女が主張するように、七年前、それほど潔白で、それほど打ちのめされていたのなら、あのあと、どうしてしつこく会いに来たんだ？ ぼくを悩ませ、つきまとい、毎日のように連絡をとろうとして……。

いや、レイチェルは今でも、ぼくがあの朝ローマのアパートメントで発見したのと同じ本性の持ち主だ。ずる賢く、策を弄《ろう》する、嘘つきのけちなやり手だ。

それなのに、いまだに彼女が欲しい……。

レイチェルは、相手から受けた仕打ちのせいでぼくが破滅を願ったただひとりの女性かもしれない。

しかしベッドであれだけのことができることを思えば、やっぱり彼女が欲しい。過去がどうだったにしろ、現在は、双方にとって都合のいい可能性もある。妻として世間に披露するわけにはいかないし、母にはなおさらだが、ロンドンのしかるべきアパートメントに住まわせて慎重に訪れたい。

愛人のように。

急に心が決まった。ヴィートは受話器をとりあげ、島からアンティリアに戻る船を頼んだあと、パイロットに電話してジェット機の準備を申しつけた。かけなければならない電話がもうひとつある。

レイチェルは飛びだした。いまいましい結婚証明書を持って。行き先はひとつしかない。恋人に結婚をひけらかしに行ったのだ。

まず、恋人を追い払わなければならない。そうするためには、その男が何者か知る必要がある。

ヴィートは携帯電話をとりだし、ロンドン支店の番号を押した。

「ミセス・ウォルターズ？　申し訳ないが、警備担当者を呼んでくれないか」

レイチェルは細心の注意を払って服を着た。ヴィート・ファルネステのオフィスに出向いたときに着ていた服だ。そんなものは着たくなかった。いっそ燃やしてしまいたいくらいだ。

アンティリアからの飛行機代を支払ったので、高価な服をもう一着買う余裕はない。でも、このライラック色のスーツなら、まさにシニョーラ・ヴィート・ファルネステにぴったりだ。

母がいる病院の近くの駅までは地下鉄で行ったが、そこからは、いつものように歩く代わりに、タクシーに乗った。シニョーラ・ファルネステなら歩かない。最低でもタクシーだろう。運転手付きリムジンがあれば言うことはないけれど。

母はタクシーを見ないにしても、病院の受付係は見る。そういったことすべてが、母にこれから発表しようとしていることに説得力を持たせる。

指に輝く結婚指輪にしても。

なかでもいちばん説得力があるのは、ハンドバッグにしのばせた大事な結婚証明書と、ハネムーン・ハウスを出るときにアンドレから受けとった記念写真だ。

　夢を果たせなかった哀れな母の人生。

　代わりに、わたしが母の夢を果たした。母はもうすぐそれを知り、この世を去る……。

　タクシーが止まり、レイチェルは物思いからわれに返った。

「こんにちは、ミス・ヴェイル。今日はとてもすてきね！」

　もう顔なじみになった受付の女性が、にこやかにほほ笑んだ。ここでは誰もが明るい。いやになるほど明るい。そうするしかないのだろう。

　母は眠っていなかった。鎮静剤で意識は半分うつろな状態だったが、レイチェルが入っていくと、顔を輝かせ、弱々しく手をさしだした。

　そんな母の姿を見て、いつもながらレイチェルは胸が締めつけられた。痩《や》せ衰えた母の頬にそっとキスをして息を吸い、気持ちを落ち着かせる。

　さあ、いよいよだ。ここに来た理由を告げてしまえば、もう後戻りはできない。

　レイチェルはほほ笑み、そうすることによって目と顔を輝かせた。

「お母さんに、とてもすてきな話があるの……」

　椅子の上でヴィートは急に姿勢を正した。

「どこへ行ったって？」

「ハムステッドの病院です、ミスター・ファルネステ。彼女は地下鉄に乗って――」

「それで、今はどこだ？」

「夕方六時半ごろ、自宅に戻りました。われわれの一員が建物を監視していますが、帰宅後は自宅にこもっています」

　ヴィートはふたたび椅子の背に寄りかかった。病院だって？

いったい何をしに行ったんだろう。

「そこはどういう病院だ？」

「マクファーレン・クリニックという私立の総合病院で――」

「じゃあ、引きつづき、フラットの外に人を張りつかせろ」ヴィートはすばやくさえぎった。「ぼくもこれからそこに行く。彼女が建物を出た場合は、携帯電話のほうに連絡をくれ」

電話を切って立ちあがる。

病院にいったいなんの用があるんだ？

病気だろうか？

どこからともなく不安が押し寄せてきた。

たぶん、誰かの見舞いにでも行ったのだろう。自分の具合が悪いからではなく。

だが、相手は誰だ？　大西洋を横断してすぐに訪れるほど大事な人物か？

ヴィート・ファルネステの妻になった直後に……。

唇がまっすぐに引き結ばれた。

恋人。恋人に会いに行ったのだろうか？

侮辱しに……。

病院のベッドに拘束された男を侮辱しに……。

ヴィートは険しい顔でホールに向かい、エレベーターのボタンを押した。

レイチェルはノート型コンピュータの画面をぼんやりと見つめていた。本来なら翻訳に集中しなければいけないのに。コンピュータのそばに置かれているのは、とくに間違いが許されない法律文書なのだから。テーブルの上には、開いたままの分厚いスペイン語の辞書もある。

だが仕事に集中できない。

レイチェルは〝すてきなこと〟を話したときの母の顔を思い出した。苦痛と混乱を突き破り、母の顔がぱっと輝いた。

〝ああ、ダーリン〟母の声は震えていた。〝その話、本当なの？〟

視界はぼやけていただろうに、母は、自分自身は手にすることのなかった幸せを娘にもたらした奇跡的な文書を見つめ、おとぎばなしのような結婚式の写真を眺めた。胸元をファルネステ家のエメラルドで飾ったウエディングドレス姿のレイチェルの写真、本物のファルネステ家の花婿と並んだ、本物のファルネステ家の花嫁の写真を。

〝話してちょうだい、何もかも〟もうろうとした意識のなかで母はせがんだ。

レイチェルは話した。図書館の書棚にいくらでもある夢のような物語をつづりあわせて。翻訳の仕事をしている会社のパーティで、ヴィート・ファルネステと再会したこと。それは新製品発売の祝賀パーティだったこと。ロンドンの高級ホテルの会場には、ほかにも重要人物が出席していて、ヴィートはそのひとりだったこと。

〝人であふれ返った会場で目が合ったとき、初めはお互いの存在が信じられなかったわ。でもそのうち、まるで奇跡みたいに、ヴィートが昔わたしにした仕打ちに許しを請いはじめたの。未熟な青二才だったからって。それから彼はわたしをデートに誘ったの。でも、お母さんには何も言いたくなかった。もし……もしもうまくいかなかったら、お母さんが動揺すると思ったから。だけどすばらしいことに、すべてうまくいったわ！　ヴィートは文字どおり、わたしをさらって、カリブの島に連れていってくれたの。ああ、まるで映画のシーンみたいだった！　ヴィートは島を借りきって、二人だけの特別な結婚式を用意したのよ。そして、わたしたちは結婚したってわけ。ほらね！〟

レイチェルは左手を突きだし、母に指輪をさわらせた。

〝ああ、ダーリン。これでもう思い残すことはないわ〟母はささやいた。母の目が喜びに輝くのを見て、レイチェルの胸は締めつけられた。

わたしは正しいことをしたのだ。それだけはわかる……。

レイチェルはその言葉を呪文《じゅもん》のように繰り返した。それでも、胸にぽっかり穴があいている。アンティリアを出たときからずっとそこにあって、決して埋めることのできない大きな穴が。

苦しかった七年ものあいだ、レイチェルの心にとりついて離れなかったヴィート・ファルネステを、彼女ははぎとった。二人の薄汚れた醜い対決は、十八歳のとき彼女のなかに侵入し、決して離れなかった亡霊を滅ぼした。それなのに今、ぽっかり穴のあいたような空虚感にさいなまれている。

今後ヴィートに会うことはないだろう。

それがわかったことは、安心以外の何物でもなく、心から満足していいはずだった。レイチェルはたしかにひどいことをし、無理やり彼を結婚に追いこんだ。でも、島での彼の行為は、ふつうなら感じるはずの自責の念をぬぐい去った。過去の仕打ちをきちんと認めるかもしれないというはかない期待の最後の一片を、ヴィートは完全に破壊した。

彼はわたしが故意に嘘をついたと思っている。自分は名乗らず、彼をつかまえるために誘惑した、すべてはわたしが母と計画したことだと……。

誘惑？　なんてことかしら。高校在学中の十八歳、しかも未体験だった娘が？　あれでどうして男心をそそるというの。彼はわたしより六歳年上で、十代のときから美しい女性たちを相手にしていたらしく、実に経験豊富だった。あのぞっとするような出来事のあと、彼の評判は母から聞いた。プレイボーイで、女たらしで、道楽者だと……。

あんなふうにわたしを非難して、受け入れられるはずがない。真相はまったく逆なのだから。彼は自分に都合よく話をねじ曲げ、わたしに罪をなすりつけたのだ。

もうごめんだわ、はっとするほどハンサムな堕天使、ミスター・ファルネステ！　あなたをそう簡単に許してはあげないわよ！

人を疑うことを知らず、だまされやすかった最初のとき同様、今度も彼はわたしをやすやすとベッドに連れこんだ。

それを思うと、怒りがこみあげてくる。深く激しい怒りは、ヴィートにだけ向いているわけではない。腹立ちの最大の標的は自分自身だ。

彼はわたしを二度もだました。二度も！

古いことわざが脳裏をよぎる。一度だまされるのは、だますほうの恥。二度だまされるのは、だまされるほうの恥。

わたしの恥。たしかにそのとおりだ。愚かさは嘆かわしいけれど、それだけが恥ずかしい原因ではない。堕天使のような男と知っていても、彼を忘れられず、いまだに彼と愛しあいたいと思っていることが恥ずかしい……。

でも、わたしは逃げた！　彼に屈服はしない。二度と負けるものですか！

しかも彼はもういない。わたしの人生から永遠にいなくなった。だから喜んでいい……ついに心から喜ぶことができる……。

それなら、どうして胸にぽっかりあいた空洞がわたしをむしばんでいる気がするのだろう？

文章を読んで、レイチェルは顔をしかめた。この訳はあまりよくない。辞書に手を伸ばす。その部分をもっときれいに表現する方法があるはずだ。正確でぎこちなくない表現にする方法が。

分厚い辞書をぱらぱらめくっているとき、インターホンのブザーが鳴った。レイチェルは手を止め、緊張した。またブザーが鳴る。

最後に客を迎えたときの記憶が瞬時によみがえった。あれから一週間もたたないのに、その短い期間にレイチェルは苦悩の渦に巻きこまれた。

もう一度ブザーが鳴った。

誰かが寄付金集めに来たか、部屋を間違えたのだろう。社交的な訪問のはずはない。母が病気になって以来、人づきあいは完全に絶っている。勤めていたころの同僚とデートするのはあまりにも苦痛だし、あまりにも非現実的だ。何人かは接触を続けようとしたが、レイチェルは断った。死の前兆と無関係な日常性に耐えられないし、翻訳の仕事から解放される時間を、母以外のことに使いたくない。

母とはできるだけ多くの時間を過ごしている。病室でベッドの傍らに座っているだけだが、たまには本を読んで聞かせるし、母の気分がいいときは、おしゃべりもする。重病人だからといって何もしないのではなく、たとえば髪をとかすとか、マニキュアをほどこすとか、そういった手助けもする。あるいは、母が眠っているあいだ、ラジオから流れる静かな音楽を聴きながら、ノート型コンピュータで仕事をすることもある。

そうやって、子供のころ一緒にいられなかった分をとり戻しているのだ。

母の果たせなかった夢を実現するという、いちかばちかの計画を初めて思いついたとき、ヴィートと結婚してもライフスタイルがまったく変わらない理由を、母にどう説明するべきか迷った。昼間、レイチェルは母に言った。

〝これからも今までどおり会いに来るわ。ヴィートも今はロンドンで働く時間が多いから、わたしたち、ここに住むつもりよ。もちろん、ローマとトリノには、たびたび行くことになるでしょうね。でも、わたしがここにいたいと思っていることは、ヴィートも知っているの。お母さんと一緒に……〟

〝まあ、いい人なのね。わたしから……あなたを引き離そうとしないなんて。彼がわたしとかかわりたくないと思う気持ちはよくわかるわ。彼は……お母さんと仲がよかったから。彼には……つらかったでしょうね、エンリコがわたしといるところを見るのは。だから彼はあんなふうに……〟

　体が弱っているのに体力を使いすぎて、言葉が途中でとぎれた。

　インターホンのブザーがまた鳴った。前より大きく、押しつけがましい。

　それが急にありがたく思えてきた。おかげで思い出の連鎖が断ち切れる。

　レイチェルは戸口に行って受話器をとった。「どなた？」

　インターホンからヴィートの声が聞こえてきた瞬間、思わず戸口の柱をつかんだ。ヒステリーが起こりそうになる。前にもこんなことがあった……。

　今度はなんなの？　前回はわたしの膝に爆弾を落とすためだった。

「開けろ、レイチェル」

　ヴィートの荒々しい声が黙従を迫る。レイチェルは要求をのんだ。開けなければ、彼はドアを蹴《け》破るだろう。害をこうむるのは結局こっちなのだ。

　彼が建物の階段を上がってくるまでに、彼女は急にどきどきしはじめた鼓動を静め、それからゆっくり部屋のドアを開けた。

「なんの用？」室内に入ってきたヴィートに、当てつけがましくドアを開け放したまま、ぶしつけにきいた。ヴィートは初めてここに来たとき同様、尊大にあたりを見まわしている。

　彼はこんなみすぼらしいところに住んだことなど

ないだろう。でも言い訳なんかする気はない。たとえどんなアパートメントだろうと。

　ヴィートはすばやく振り向き、刺すような目でレイチェルをにらむと、ドアから彼女の手をどけさせて乱暴に閉めた。

「今日の午後、どうして病院に行った？」

「な、なんですって？」

「聞こえたはずだ。今日の午後、なぜマクファーレン・クリニックに行った？」

「あなたには関係ないわ」

「具合が悪いのか？」

　レイチェルは思わず首を振った。

　一瞬、彼の顔のなかで何かが変化した。だが、幕が下りたように、心底ぞっとするような表情がそれと入れ替わった。

「妊娠しているのか？」

9

　その質問はどこからともなくわいてきた。その瞬間まで、ヴィートの頭をよぎったことさえなかった。なのに、ひらめいたとたん、彼女が予測よりはるかに巧みなゲーム運びをしていたのを発見した気がして、はらわたが煮えくり返った。

　レイチェルがこの時期に突然現れ、ファルネステ家のエメラルドを利用することに熱意を傾けたのはなぜだ？　ぼくはまんまとだまされたのか？

　婚前契約書によって、将来子供の養育費を要求されても、金を搾りとられずにすむように防御策は講じたし、結婚した夜の避妊対策が完全だった確信もある。もしも結婚する前に、すでに妊娠していたのだとしたら……。

くそっ、それがこの茶番劇の目的だったのか、ほかの男の子供をぼくに押しつけるのが？　実の父親は、子供のために結婚することを拒否した。そこでレイチェルは周囲を見まわし、金づるに絶好な金持ちのかもを探したというわけか。それなら、こっちはいつでもＤＮＡ検査を主張できる。そして、否定的結果が出たら、彼女を追い払えるのだ。だが全財産を賭《か》けてもいいが、彼女はそれをゴシップ紙に持ちこみ、できるだけ騒ぎを引き起こすだろう。ただ仕返しをするために。

ヴィートはレイチェルを見た。
なんとも青ざめた顔をしている。
やはりそうか……ほかの男の子供を身ごもっているのだ。

怒りが胸を切り裂く。
だが、それがレイチェルへの怒りではないと気づいて、ヴィートは驚いた。

彼女を妊娠させておきながら結婚を拒否した男、妊娠させた男への怒りだ……。

そして彼女にも腹が立つ。ほかの男に体を許すとは。一瞬目がくらみ、生々しく原始的な所有欲がうねるようにヴィートの胸をかきむしった。

これからは、誰にも彼女に触れさせるものか。あのすばらしい体に体を重ねる男はもういない。愛撫《あいぶ》に応《こた》えて彼女がもらす声、欲望にあえぐ声、熱くほてった体であげるこの世のものとは思えない声。それを誰にも聞かせはしない……。

ぼくだけだ。ぼくだけがレイチェル・ヴェイルと愛しあうのだ。

しかし遅すぎた。ほかの男がすでに彼女に痕跡《こんせき》を残し、妊娠させた。

そして捨てた。

レイチェルの顔にはまったく血の気がない。彼女はようやくのことでゆっくり息を吸った。

「いいえ、妊娠はしてないわ」

安堵《あんど》感がうねりながらヴィートの全身を駆け抜けたと思ったら、別の感情が頭をもたげた。妊娠ではなく、それが今日病院に行った理由でないとすれば、理由はなんだ？

ここへ来る途中、メールで送られてきた警備会社撮影の写真によると、彼女は華やかに着飾り、立派な病院に悠々と入っていったらしい。恋人に大事な結婚証明書を見せびらかしに行ったのだろうが、ヴィートはすぐに気づいた。あれはぼくと対決するときに着ていたのと同じ服だ。

「では、もう一度きく。今日の午後、マクファーレン・クリニックに行ったのはなぜだ？」

ヴィートがわたしのあとをつけさせた！

今さらなぜ？　結婚の芝居は終わり、わたしは舞台を去った。接触する必要はもうないはず。会う必要も、いじめる必要も、尋問する必要もない。離婚は顧問弁護士にまかせればすむことだ。

レイチェルはつんと顎を上げた。

「そんな質問に答える必要はないわ」

妊娠しているかですって。あきれた……。

そんなはずがないのに。彼が避妊策を講じたのはちゃんと見た。

当然よ！　ヴィート・ファルネステがもっともいやがるのは、父親の愛人の娘レイチェル・ヴェイルを妊娠させることなのだから……。

苦悩が心を凍らせ、体を切り刻む。

いいえ、苦しむのはもうたくさん。

もう苦しんではだめ。

レイチェルは昂然《こうぜん》と頭を上げた。

「これはいったい何？　人の家に押しかけて、自分に関係ないことをあれこれ尋問するなんて！」

ヴィートは彼女の抗議を無視した。

「恋人に会いに行ったんだろう、あの病院に。大事な結婚証明書を見せびらかすために！」

レイチェルの口がぽかんと開いた。

「答えろ！」

「答える必要なんかないわ」

またしてもヴィートは無視した。

「名前はなんという？　きみの恋人だ！」

「言うものですか！　あなたには関係ないわ」

「答えろ！」

「いやよ！」

「そうか。なら、一緒に病院へ行けばすむ話だ。きっと病院は、きみの夫として、喜んでぼくを見舞いに同行させてくれる」

「だめよ！」

「だめじゃない。それどころか、きみの夫としてぼくがひとりで行っても、入れてくれるだろうさ」

レイチェルの目に怒りが燃えあがった。

「やめて！　行かせないわ！　絶対に！」

「いや、ぼくは行く」

「お願い！　行かないで！」

悪夢だ。ヴィート・ファルネステが母の病室に入っていくなんて……。

恐怖にこわばったレイチェルの顔を見て、ヴィートの胸は怒りに荒れ狂った。大事な恋人を見つけられまいと、こんなに必死になるとは！　彼女は結婚したんだ、このぼくと！　ほかの男に会いに行く権利などあるものか！

ヴィートはぐいとドアを開けた。

「さあ、行こう。今すぐ！」

「いやよ！　行かないわ」

「じゃあ、ぼくひとりで行く」

「病院に電話して、あなたを入れないよう頼むわ」

ヴィートの顔に冷ややかな笑みが浮かんだ。

「電話できると思うのか。そうはいかない。ハムステッドまで行くあいだ、警備の者に見張らせるからな」

「やめて！　行かせないわ！　絶対に母には会わせるものですか！　そんなこと、わたしが許さない！　決して許さないわよ！」

　思わず言葉が飛びだした。言うつもりはなかった。だが、ヴィートが脅し文句どおりにしたら、病院は彼を入れてしまうだろう。彼は裕福で、社会的影響力があり、弁も立つ。世界じゅうの受付嬢を丸めこむことだってできるかもしれない。

　だから言うしかなかったのだ。

「お母さん？　お母さんは外国にいると言ったじゃないか。病院で何をしているんだ？　美容整形でも受けているのか？　老いを食い止めるために」

　辛辣《しんらつ》な言葉がレイチェルにとどめを刺した。母にはもう老いる時間もない……。

「いいえ」声がかすれる。「母は癌《がん》なの」

　レイチェルはヴィートが憎かった。憎くてたまらない。世界が憎い。この世が憎い。

　ヴィートの顔から血の気が引いていく。

「癌？」

　彼の声がなんだかおかしい。

　視線はレイチェルに据えたままだが、精神的に動揺しているのがわかる。

「い……いつからなんだ？」

なぜきくの？　何を気にしているの？

「かなり前からよ。でも心配しないで。もう長くはないの。病院はホスピスに移したがっているわ。そこで母が……」喉がつまりそうだ。「最期を迎えられるように」

　まばたきしても、視界は晴れなかった。これからも晴れることはないだろう……。

話を再開しようとしたが、声が出ない。喉が完全にふさがれている。

ヴィートがドアに手を当てて、もたれた。ふいに自分を支えきれなくなったかのように。

「アーリーンが死ぬ?」

愚弄《ぐろう》、冷笑が飛んでくるかと思い、レイチェルは身構えた。〝罪の報いは死なり〟という聖書の残酷で悪意に満ちた引用か、それとも〝天の報いもときには遅れる〟ということわざか……。

だが、何も飛んでこない。彼の顔にショックを受けた表情が浮かんだ以外、何も変化はない。

レイチェルはまばたきを繰り返した。ヴィートの前で、母のために涙を流したくはない。それだけはいやだ。ヴィートは母を忌み嫌っている。彼の父親に囲われ、彼の母親のライバルとなって以来、嫌いつづけている。

レイチェルはぎこちなく顔をそむけた。次から次へとこみあげるおえつを抑え、背中を丸める。けれど、膝ががくがくして、脚がふらつく。思わずテーブルの端をつかんで、椅子に座りこんだ。

そしてうなだれ、肩を震わせて、かすれた声で苦しげにすすり泣いた。

そんなレイチェルを見て、ヴィートは凍りついたように動けなかった。

だがふと金縛り状態がとけ、ためらいがちに彼女の肩に手をかけた。

「レイチェル……」

父が亡くなるその日まで母を苦しめつづけた女性、アーリーン・グレアムの命がもうすぐ尽きる。

そのせいで彼女の娘は打ちのめされている。

ヴィートはまた彼女の名を呼んだ。

レイチェルは泣きやまない。それどころか、さっきより体を震わせ、ますます激しく泣いている。

気がつくとヴィートは膝を折り、レイチェルの傍らにうずくまっていた。彼女の両手が膝の上でからまり、ねじれている。

ヴィートは自らの手でその手を包み、なだめるように握りしめた。

レイチェルは泣きつづけた。ずいぶん長く泣いていた気がする。

やがて徐々におえつがおさまってきた。激しかった肩の震えが止まり、レイチェルはうなだれていた頭をゆっくり起こした。

「それがあなたに結婚を迫った理由だったの。母のため、母を喜ばせるため。母は……」レイチェルは喉をつまらせた。「あなたとわたしが本当に結婚したと思っているわ。紙の上だけでなく。時間はかかったけど、娘は本物のファルネステ家の花嫁になった、母の人生の最後を飾るおとぎばなしのような花嫁になったと。あなたが、この結婚は嘘《うそ》っぱちの茶番劇だったと母に教えたりしたら、わたしはあなたを殺すわ。絶対に！」

レイチェルは震える息を吸い、うつろな表情のまま先を続けた。

「最初は、全部でっちあげですませたかった。結婚したふりだけして。でも、結婚証明書を見たい、ずっと夢見てきたことが実現したのを確認したいと言われたらどうしよう、と思うと怖くて。証明書を見せられず、すべてでっちあげだと気づいたら、母にどんな影響を与えるか考えると怖かった。期待するだけして、それが嘘だとわかったら、母をどん底に突き落としたに違いないわ。だからこそ、法的に見て本物の結婚をしなければならなかったの。それを可能にする唯一の方法は、あなたにエメラルドを返すことだった」

レイチェルはそこで言葉を切り、浅くゆっくり息を吐きだした。

「だからそうしたわ。後悔はしていない。あなたがわたしに何をしたかはどうでもいいの。あなたのことは全然気にならない。今大事なのはあなたじゃなくて、わたしでもなくて、母だけ。あなたが母を嫌おうと憎もうと、かまわない。あなたがわたしをどう思うかも気にならない。わたしがあなたをどう思うかも。気になるのは母だけよ」

レイチェルはヴィートからテーブルの表面、そして自分自身の膝へと視線を移し、彼の両手が自分の両手を包みこんでいるのに気づいた。

まるでわたしを慰めようとしているみたい。

レイチェルはふいに手を引っこめ、椅子を押して立ちあがった。不安定な台座にのせられた彫像のように一瞬ふらついたが、すぐに落ち着いた。

何もかも吐きだして、空っぽになった感じがする。心のなかに何も残っていない。感覚もなければ、感情もない。泣けば感情が浄化され癒《いや》されると言われるのは、どうしてかしら？　癒された実感はまったくない。何も感じない。

目元をぬぐうと、ひりひりして、腫《は》れているのがわかった。レイチェルはキッチンの流しで顔に水をかけ、タオルで拭《ふ》いた。お茶か何か飲み物が欲しい。気持ちを落ち着けてくれるものならなんでも。彼女はやかんに水を入れた。妙な気がする。ひどく変だ。実際は感覚がないのだから、妙な気がするのはおかしい。どうして変だと感じるのか？

やかんに水のたまる音がする。

そのやかんがとりあげられ、水切り板の上に置かれた。そして肘をつかんだ手が、流しからレイチェルを振り向かせた。

「レイチェル」

ヴィートだ。レイチェルは目をしばたたいた。当然、彼に対して何か感じるはず。嫌悪感。思慕の情。ふだんはそういう感情をいだくのに、なぜか今はそのどちらも感じない。

ヴィートはレイチェルをソファに連れていって座らせた。「ぼくたちは話しあう必要がある」

心のなかで、今もショックの余波がさざ波をたてている。アーリーン・グレアムが死の床にあると聞いたときの自分の反応は忘れよう。それはあとで処理するつもりだ。今はレイチェルのことだけに集中したい。

彼女はショックを超えて、ある種の感覚喪失状態に引きこもったらしい。父が最初の発作のあと四十八時間以内に起こった二度目の大きな心臓発作に負けて亡くなった日、ぼくも同じような状態になった。感覚の麻痺《まひ》は、心理学でいうコーピング、すなわちストレスに直面した際、それに能動的に対処しようとする一種の適応機能だ。ぼくはそれを、必要とされるさまざまな任務を遂行するのに用いた。

アーリーン・グレアムを別荘《ヴィラ》から追いだしたのもそのひとつだ。

まるでごみでも捨てるように。

彼女が退職金代わりにファルネステ家のエメラルドを持ちだしたと気づいたときは、遅すぎた。そして、法の力で返還を命じさせる努力は、あえなく失敗に終わった。

だが、ようやくそれをとり戻した。今はイギリス本社の金庫室に安全に保管されているが、できるだけ早くイタリアに移送したいと思っている。

母もあのネックレスをもう一度見たいだろう。

たとえ母にとって、あれが侮辱、母への侮辱にすぎないとしても。かつて母は、先祖伝来のエメラルドを胸元できらきらさせたファルネステ家の花嫁だった。だが悲しいことに、夫はやがて愛人にエメラルドへの接近を許した……。

その愛人が今死にかけている。

そして、その愛人の娘は、ファルネステ家のエメラルドを使ってヴィートに結婚を迫った。彼女を貞淑な妻にすることを拒否した謎《なぞ》の男を侮辱するためではなく、母親の残り少ない日々に夢を紡ぐために。七年前の敗北で失ったものをとり戻す夢を。あのときアーリーン・グレアムは、ヴィートを罠《わな》にかけてレイチェルと結婚させ、娘をファルネステ家のエメラルドにふさわしいファルネステ家の花嫁にしようとした。

さまざまなことが巡り巡っている。始まりはどこで、終わりはどこだ？ 二世代にわたる因果。原因と結果。父と息子。母と娘。

その娘をヴィートは横目で見た。彼女はきちんと合わせた膝の上で両手を握りしめ、静かに座っている。惨めな部屋で。

ヴィートは眉をひそめた。それにしても、レイチェルはどうしてこんなみすぼらしいところにいるんだ？ アーリーンは費用の高い私立病院にいる。とすれば、金はちゃんとあるのだ。父の愛人だったころにうまくためこんだのだろう。

気がつくと、それを声に出してきいていた。どうしてだか自分でもわからない。話しあう必要があると言ったとき、意図していたのはそういうことではなかった。レイチェルの住まいは目下の重要課題ではないのだから。

レイチェルは無表情に答えた。

「フラットは、母を病院に入院させるために売ってしまったわ。充分なお金を……人生最後の日まで過ごせるだけのお金を確保したかったから。母のお金は、もうあまり残っていないの。母の権限に対する代理委任状はもらっていても、あのエメラルドを売るわけにはいかない、たとえあなたにでも。そう思っていたわ。あれは……あなたのお母さまに返すつもりだったの。もともとお母さまのものだから。母が持っている権利はないわ。持ちだした気持ちはわかるけど、決して母のものじゃない」

震える息が喉からもれた。

「でも結局、あれを使うしかなかった。オフィスに会いに行ったとき、あなたもはっきり指摘したように、わたしにはあれしかなかったの」

彼女はうつろな目をヴィートに向けた。

「エメラルドをとり返すためにわたしと結婚するよう仕向けて、悪かったと思っているわ。母の最後の願いを実現するには、そうするしかなかった。でも、エメラルドをとり戻した今、あなたがそれをお母さまに返して、わたしと離婚すれば、何も起こらなかったも同然でしょう。すべては終わったわ。ジ・エンド。おしまい《フィニート》」

ヴィートが腰を上げ、彼女の肘をとらえた。

「出かける支度をするんだ」静かに言う。

レイチェルはいぶかしげに彼を見た。ふいに恐怖がこみあげる。

「病院へは行かないわ！　母に会わないで！　そんなの許さないから！」

「ぼくのアパートメントに行くんだ。こんなひどいところにはいられない。話し合いもまだだし。でも、ここでは無理だ」

10

レイチェルはすなおに従った。なぜかわからない。車はロンドンの街を横切って西に向かい、チズウィックの端にあるファルネステ産業の前で止まった。

夜もこんな時間だと、通りに人影はほとんどない。ヴィートは受付の警備員に会釈をし、ロビーの奥の専用エレベーターに乗りこんだ。

ブロンズ色の扉が開いたのは、明らかに個人用と思われるフロアだった。

「ここだ」

レイチェルはあたりを見まわした。

豪華な居間には分厚いパールグレーの絨毯《じゅうたん》が敷きつめられ、それより少し濃いめのグレーのソファが並んでいる。

「顔を洗いたいだろう」

ヴィートはレイチェルをバスルームに案内して立ち去った。白い大理石に真っ黒な付属品。居間同様、バスルームも豪華だ。レイチェルは鏡に映る自分の顔を見つめた。涙で曇った目はまだ赤い。ひどい顔。洗面台に水を張って顔を洗い、ハンドバッグに入っている化粧セットですばやく肌を潤す。

居間に戻ったレイチェルに、ヴィートが白ワインのグラスをさしだした。

「さあ、飲んで」

レイチェルは感覚のない指でそれを受けとり、大きなソファのひとつに座った。

「夕食を注文した。何か食べたほうがいい」

「おなかはすいてないわ」

だが、ケータリング業者によってすぐさまダイニングルームに届けられた料理を前にすると、驚いたことに実際はおなかがすいていたのを自覚した。

二人は黙々と食べた。ケータリング業者がつねに注意を払い、皿が空になるとすばやく片づけて、グラスに飲み物を補充する。

やがて食事が終わった。

「コーヒーは居間で飲もう」

ヴィートにうながされるままレイチェルも居間に戻り、ソファの端に座ってコーヒーを飲んだ。

「先週オフィスに来たとき、どうしてお母さんの病気のことを言わなかったんだ？」

レイチェルは信じられない思いで彼を見た。わかりきっていることを、どうしてきくのだろう。

「あなたにだけは知られたくなかったのよ」

「それで、ぼくがきみを最悪の女だと思ってもかまわなかったのか」

「あなたにどう思われようと気にならないわ。初めて会ったときから、最悪の女だと思われていたんですもの。あなたから投げつけられた初めての言葉を忘れたと思うの？　〝父の愛人の私生児〟とあなたは言ったのよ！」

「あの日、ぼくは怒っていた。母がまた発作を起こしたというのに、父は言い張った……アーリーンと海辺に残ると。ぼくがなんと言おうと、父はトリノに帰ろうとしなかった」

レイチェルは目をそらした。不安で胸がどきどきしはじめた。それは困る。感覚の麻痺《まひ》が戻ってほしい。そのほうがずっと楽だ。

ヴィートが何か言っている。それに耳を傾けたとき、レイチェルはまた信じられない思いで彼を見ずにはいられなかった。

「十八歳のとき、ぼくを罠《わな》にかけて結婚させようというお母さんのたくらみに同意したのは、あの日のぼくの言葉に怒ったせいか？」

また同じことを蒸し返すの？　レイチェルはうん

ざりした。

「前にもその話はしたでしょう、ヴィート。話したところで、どうにもならなかった。あとは裁判所に行って、できるだけ時間と手間をかけずに離婚するだけよ」

「まだ離婚したくない」

「なんですって？」

彼がじっと見ている。その目のなかに、レイチェルの鼓動を速めさせる何かがある……。

「あなたの気持ちがわからないわ」

「そうかな？　じゃあ教えよう」

ヴィートがレイチェルからコーヒーカップをとりあげ、テーブルに戻した。そのまま彼女の首に手をすべらせ、肌をそっと撫《な》でる。レイチェルの鼓動が激しさを増す。

ヴィートのまつげが下がった。

彼の意図に気づくのに一秒もかからなかった。

それでも遅すぎたくらいだ。

彼の唇が近づいてくる。そして苦もなく舌で彼女の唇を開かせた。

レイチェルはなすすべもなかった。ヴィートがキスを味わい、指先で後頭部をまさぐりながら、もう一方の手で抱き寄せる。

レイチェルの体内で炎のように熱くさし迫った欲望が燃えあがり、抵抗できない。

ああ、わたしもあなたが欲しい。

思わず声がもれた。喉の奥から絞りだしたような低く頼りないうめき声は、ヴィートを燃えあがらせたらしい。気がつくと、クッションに横たえられていた。背骨に沿ってすべりおりた彼の片手がヒップを包み、丸みをおびた部分を持ちあげる。

彼の熱く緊張した欲望のあかしに手が触れ、レイチェルはショックを受けた。興奮し、思わず彼に体を押しつけ、また低いうめき声をもらす。

ああ、彼が欲しい。もっと。体が痛いほどに彼を求めている。

だめ！　こんなことをしてはだめ！

　レイチェルはヴィートを押しのけた。二度と愚かなまねはできない。

「やめて！　ヴィート、お願い、こんなことは二度としないで！　知ってるでしょう、わたしは嘘《うそ》をついたわ、あなたなんか欲しくないって。そう言うしかなかったの！　あんなふうに結婚を迫って、しかもあなたを欲しがっていると思われるのは耐えられなかったから。わたしがどうしようもなくあなたを好きなのは、わかっているでしょう。またわたしを侮辱するためだけなら、証明する必要はないわ。あのとき、あなたがわたしに言ったのはいやな言葉だけど、否定はできない。あなたの言ったとおり、わたしはあれを〝待ち望んでいた〟。ばかばかしい子供っぽい夢を思い描いていたの。あなたはわたしを魔法のように捜しだしてシンデレラにしてくれる、おとぎばなしみたいにローマを案内してくれる王子さまだって！」

　レイチェルは感情を抑えられなかった。

「母に指摘されて初めてわかった、自分がどんなに愚かだったか。あそこまで愚かでなかったら、母を傷つけるためにあなたに利用されていると気づいたんでしょうけど。母はこうも言ったわ。スーパーモデルが列をなして追い求めるような男性が、つまらない高校生に興味を持つと思うなんて、本当にばかだって！」

　ヴィートは完全に黙りこんでいる。

　やがて表情のない奇妙な顔で言った。「アーリーンがそう言ったのか？」

「言われなければわからないなんて哀れでしょう？

あなたはとても言葉巧みだった。そのうえとてもすてきで、ハンサムで、ゴージャスで……。それにひきかえ、十八歳のわたしは本当にばかだった。今でもばかよ。意志の弱い大ばか者よ。でも、今は少なくとも自覚しているし、あなたがわたしに性的関心を示しても、ばかにしているだけだと気がつくわ。わたしがセックス抜きの結婚を望んだ理由がわかる？　わたしなりの惨めなつまらないやり方で、自分のプライドを守ろうとしたのよ。あなたがちょっと触れただけでこなごなにできるプライドをね！　これでわかったでしょう。もうわたしをひとりにして。お願いだからひとりにして……」

　声がかぼそくなって消えた。

　ヴィートは無表情な顔で彼女を見ていたが、ふいに飲み物の並んだキャビネットに行くと、グラスにウイスキーをついでぐいとあおった。

「ぼくがきみと結婚した理由がわかるか？　エメラルドをとり戻すためだと思っているだろう。それだったら死んだほうがましだ。誰もぼくを思いどおりにできるものか。できるわけがない！　結婚したのは、単にきみをベッドに連れこむためだ。きみがセックス抜きの結婚を要求したから。氷のように冷たい顔できみは言った。結婚しているあいだ、ぼくの精力絶倫なサービスは必要ないと！」

「だから、結婚した夜、仕返しをしたのね」

「仕返ししたのはきみだ」

「意味がわからないわ……」

「そうだろうな。きみは何もわかっていないらしい。そのわけが今やっとわかった。十八歳のとき、お母さんに徹底的にやりこめられたからだ」

　ヴィートはウイスキーグラスをキャビネットに置いて、彼女のほうに歩きだした。

「ローマでぼくと過ごしていたとき、お母さんとは会っていないときみは言った。あれは二人でたくらんだことじゃないとも。ぼくは信じられなかった。信じたくなかった。だけど、今なら信じられる」

「あら、偉い！　本当に偉いわ！　やっと認める気になったのね、七年前わたしにひどいことをしたと。あのパーティで、わたしが誰か知りながら、わざと選んで夢中にさせたと。覚えている？　あのときわたしは、愚かで、多感な、十八歳の高校生、しかも未体験だったのよ。さぞかしだましやすかったでしょう。あなたは母を傷つけるために、冷酷にもわざとわたしを誘惑したのよ！」

「いや、違う」

レイチェルは、はじかれたように立ちあがった。

「あれを〝待ち望んでいた〟と母に言ったのは、ひどいことだったと認めないの？」

「ぼくははめられた、罠に落ちたと思った。それで腹が立ったんだ」

「母があなたを責めたことに腹が立ったというの？　あなたは、ただ母を傷つけるために、わたしを誘惑したくせに！」

近づいてくるヴィートの足どりは断固としている。レイチェルはあわててあとずさったが、居間のドアに阻まれて、必死でドアノブを手探りした。彼に背中を向けたくなかった。その勇気もない……。

「いや、そのために誘惑したんじゃない」

背中がドアにぶつかっている。ヴィートが目の前に立った。逃げ道は絶たれた。

心臓がどきどきしている。呼吸がせわしない。

彼は近すぎる。あまりにも近すぎる。

ヴィートの目に何かが見えた。レイチェルの息を奪い、脚を萎《な》えさせる何かが。

「きみは、七年前のローマでの出来事を理解するのに、可能性のある説明は二つしかないといまだに思っている。ぼくがきみをはめたか、きみがぼくをはめたか。つまり、二人のうちひとりは悪者で、もうひとりは愚か者というわけだ」

「罠を仕掛けたのはわたしじゃないわ、ヴィート。

だったら、あなたしかいないでしょう！」

「いや、第三の説明がある。これこそ本物だ。今ようやくそれがわかった。七年前のあの晩、ぼくは飽きてきたガールフレンドを捨てたばかりで、パーティに出席した。あのころは、どんなガールフレンドでも、しばらくつきあうといやになっていた。そのパーティで、今までつきあった誰とも違う女の子に出会った。ぼくは息をのんだ。彼女は若かった。ぼくには若すぎたし、決してぼくのタイプではなかった。美しい容姿をひけらかす、シックでセクシーで、しかも性的対象として魅力的だと自認する世慣れた女性がぼくの好みだ。そういう女性たちは、簡単にベッドに行くし、そこですべきことも知っている。ぼくが飽きてきたら、出ていくタイミングもわかっている。だけど、あの晩、パーティで出会った女の子はまったく違うタイプだった」

ヴィートは言葉を切った。その顔に奇妙な表情が浮かぶ。まるで時間の回廊をぼんやりと見つめているようだ。

「彼女はバージンだとすぐにわかった。連れの二人がそうじゃないことも。バージンはほうっておこうと思った。だができなかった。そばに行って話しかけ、場違いなあのパーティ会場から連れだして、彼女を独り占めしたかった。でも、セックスはなしだ。彼女は目もくらむような金色の髪をしていて、目は大人の女性には見たこともないほど澄みきった灰色で美しかった。彼女はミケランジェロについて語り、ルネッサンスについて語った。ラテン文学の作家や、イタリアの歴史についても語った。話しているあいだ、ぼくの気を引こうとはせず、澄んだ美しい目で見つめているだけだった。髪はきらきら輝く滝で、顔は、ああ、ボッティチェリの描くヴィーナスのようだった。車でローマの街を走りまわり、夜の街を案内したあと、ぼくは彼女をアパートメントまで送り、さよならを言った。そして、二度と彼女に会うことはないと思った」

ヴィートは先を続ける前にひと呼吸置いた。

「だけど、翌朝には、また会わなければならないと思うようになっていた。そこでまたアパートメントを訪れ、外に連れだした。それから二週間、ローマ、オスティア、ラツィオを案内し、毎日彼女と過ごした。ぼくは一時間ごとにますます彼女に惹《ひ》かれていった。彼女に触れる勇気はなかった。いったん触れたら、離れられなくなるに決まっている。だけど、触れずにいるのは難しかった。彼女は美しく、魅力的で、とても清純だった。性的な意味だけでなく、精神的にもそうだった。熱っぽく情熱的な雰囲気はあったが、けがれていなかった。それはいわば澄んだ大気で燃えあがる炎だ。満足させるべき欲望ではなかった。ぼくは……すっかり彼女に魅せられた。彼女を自分のものにしたかった」

告白はなおも続いた。

「そして、彼女がもとの生活に戻る前の晩、夏の月が空高く昇り、淡い月の光が彼女の顔をこの世のものとも思えないほど美しく照らしだしたとき、ぼくはこれ以上我慢できないと悟った。彼女がぼくを望んでいることもわかっていた。隠そうとしても、隠しきれなかったから。彼女がその方面にひどく恥ずかしがり屋で、引っ込み思案だということも、いっそうぼくを引きつけた。だけど、ぼくがキスをして抱き寄せた瞬間、彼女のためらいは跡形もなく消えうせた」

ヴィートはまた息を継いだ。

「彼女は美しく愛らしかった。そして、あらゆる美をまとった自分自身をぼくに与えてくれた。あんな女性は初めてだ。二度とあんな女性に会えるとは思えなかった。あの長い至福の夜を通して、彼女はぼくのものだった。ぼくの腕に守られていた」

彼の言葉は鎮静剤の役目を果たし、レイチェルは癒《いや》されていった。七年間心のなかにわだかまっていた塊、石のように固くなった潰瘍《かいよう》が消えていく。

「本気なの、ヴィート？　あのとき本当にそう思ったの？」祈るような思いで彼女はきいた。

「ああ……翌朝までは。翌朝、幻想は引き裂かれた。ぼくが自分のものにしたと思っていた灰色の目をした美しい少女は、父の愛人の便利な道具にすぎなかったと気づいた。その愛人が自分のたくらみに娘を利用したんだと」

「母はそんなことしないわ。ああ、誓ってもいいけど、母はわたしがあそこにいることを知らなかったのよ！　ローマにいたことさえ知らなかったんだから。母に言えば、やめなさいと言われるに決まっているもの。あとで知ったけど、母はずっとあなたを恐れていたの。母に仕返しするために、わたしを面白半分に誘惑するんじゃないかって！」

つらそうな傷ついた目でレイチェルはヴィートを見た。

「わたしがアーリーンの娘だと覚えていないらしいと気づいたとき、すぐに名乗るべきだったわ。でも、耐えられなかった！　あなたは母と同じく、わたしのことも嫌っていたから。わたしが誰かわかったら、近づかなかったでしょうね。それがわたしには耐えられなかったの！　あなたがわたしに興味を持ってくれて、一緒に過ごした時間は、とても魅力的ですばらしかったわ。それを台なしにするなんて、できなかった！」

「たしかに、きみが誰か知っていたら、一緒にいられなかっただろう。だからこそ、あの朝、あんなに腹が立ったんだ。ぼくがずっとばかにされていたことも腹が立ったけど、きみが思っていたような女性ではなかったということにひどく腹が立った。だけど、本当はきみはぼくが思っていたような女性だったんだ。今もそうだ。きみは世界一美しい。まさにあの晩、ぼくが抱いた女性だ。それ以外の女性だったことはない。決して！　幻想だと思ったものは、結局、幻想ではなかった。きみは今も昔も、ぼくが最初に感じたとおりの人だった。まったく、きみにはわからないだろうな、それがぼくにとってどんなに大事なことか！」

ヴィートの片手が彼女の頬に曲線を描く。その手にもたれて支えられたい。そう思ったが、レイチェルには勇気がなかった。

「レイチェル……」ヴィートがそっと名前を呼んだ。視線が彼女をとろかす。「ぼくの美しい人《ミア・ベッラ・ラガッツァ》……」

キスは彼の唇が初めて触れたときと似ていた。甘く、このうえなくすばらしいその一瞬、レイチェルは何かが引き裂かれるような音が聞こえた気がした。自分の体から何かが引きはがされるような。

そして、強く握りしめていた手から彼女を解放したような。

涙が頬を流れ落ちる。レイチェルの手はゆっくり彼の体にまわされた。

「さあ、おいで」ヴィートが手をとると、レイチェルはその手にしがみつき、運命に従った。

寝室の薄明かりのなかで、身につけたものが一枚一枚はぎとられていく。やがて一糸まとわぬ姿が闇《やみ》にぼんやり浮かびあがった。ヴィートは自分もすべて脱いでから、彼女をベッドにいざない、そこに横たえた。髪がベールのように枕《まくら》に広がる。

ヴィートが身をかがめて髪を撫でた。

「ぼくの美しいレイチェル」唇、まぶた、胸、そして全身にキスの雨を降らせる。レイチェルはついに、ひたすら青白く燃えあがる炎と化した。

「ヴィート……」そっとささやく。名前は呪文《じゅもん》であり、祝福であり、癒しで、祈りだった。

ヴィートがレイチェルの腕を片方ずつ頭上に伸ば

させ、両手をつかんだ。それから体を重ね、唇にもう一度優しくキスをしてから、彼女のなかに身を沈めてひとつになった。

レイチェルの喉から声がもれた。鋭い甲高い声が。ヴィートが一瞬動きを止めると、レイチェルは腰を押しつけた。

また声がもれる。今度は彼の名前だった。青白い炎が燃えあがる。

炎はヴィートに火をつけた。

ヴィートが顔を上げ、頭の上に伸ばしたレイチェルの両手を押さえつけて身をそらし、最後の動きを加えた。燃えあがる火炎が大火のように彼女を覆いつくす。ヴィートも燃えている。白熱光を放ちながら。

レイチェルは彼を引き寄せ、両手でひしと抱きしめた。なめらかな肌を指で愛撫《あいぶ》しているうちに、腕のなかでヴィートの動きが静まっていった。

そしてまた平和が訪れた。

話しだしたとき、彼の声は震えていた。

「ぼくはきみを信じるべきだった。自分自身も信じるべきだった。体は嘘をつかない！ あの夜ぼくらが交わした愛は本物だ。そのあとに起こったことこそ、偽りだった。もしきみがぼくのところに来て、エメラルドの返還を申し出なかったら、偽りはいまだに続いていただろう」

突然ヴィートの表情が変わった。

「イギリスに帰ってからも、あんなに熱心にぼくと連絡をとろうとしたのは、なぜなんだ？」ふいにその疑問がわいてきた。

彼の腕のなかでレイチェルは体がこわばるのを感じた。

ヴィートが困惑した顔で見ている。

「連絡してきても、ぼくはぴしゃりと断ったのに。非難されたようなことには荷担していないと、ぼくに納得させたかったのか？　でもきみは、ぼくこそ有罪だと思っていた。なのに、どうして自己弁護する必要があったんだ？」

ヴィートはレイチェルの顔に不安そうな表情が浮かんでいるのを見た。質問に答えるのに乗り気でないようだ。どこからともなく、疑念がヴィートの心に忍びこんだ。

「ずいぶん前の話よ、もうどうでもいいわ、ヴィート。本当に」

「でも、やっぱり答えてほしい。毎日毎日きみは電話してきたが、ぼくは出なかった。なんとか電話がつながったときも、すぐに受話器を置いた。なのに、どうして電話をかけつづけたんだ？　すぐ近くにいるきみを追い払うのは、ぼくにとってひどい苦痛だった！　きみがぼくに無実を納得させていれば、仲直りできただろうに！　それをしたくて電話をかけつづけたのか？」

レイチェルの目が曇った。ヴィートの胸に冷たいものが染みていく。彼女は何か隠している……。すべての毒が抜きとられ、二人のあいだの道がすっかりきれいになったと思ったときになって、隠しごとをするとは。

「言ってくれ」声に鋭さがこもった。

レイチェルが硬い表情になり、ヴィートの腕に逆らって逃れようとする。本能的に彼はレイチェルを抱く腕に力をこめた。

「さあ！」

顔に浮かぶ不安の色がいっそう濃くなり、なおもレイチェルはためらった。

「わたし……わたし、あなたにお金を借りようと思ったの」

「なんだって？」

「お金が必要だったの。その……姿を消すためにどうしても。母に頼むわけにはいかなかったし、自分の貯金もまったくなかった。だから……あなたのところに行ったのよ。あなたは裕福だから……」

　不信感もあらわにヴィートはまじまじと彼女を見つめた。「あんなことを言われたあとなのに、ぼくが金を貸すと思ったのか？」

　レイチェルはひるんだように見えた。

「わたし……あなたが興味を持つと思ったの」声に抑揚がない。

「なぜ？」ヴィートの声は荒々しい。

「どうか……もうきかないで。ずいぶん昔の話でしょう。終わったことよ」

「言ってくれ！」

　レイチェルの目に何かが見えた。ヴィートの心をうずかせる何かが。

「結局、ぼくは間違っていたのか？　きみは今でもぼくをばかにしつづけているというわけか？　さあ、言ってくれ」

　レイチェルは決心した。

「妊娠していたのよ。わたしが姿を消すためのお金を、あなたは喜んで貸してくれると思ったの。すべてが片づいて、公的援助を請求するか……仕事が見つかるまで……。とにかく、経済的に独立して、自力で子供を育てられるようになるまで、しのげるだけのお金が欲しかった。わたしにお金を貸すことは、あなたのためにもなると思ったの。だって、母が妊娠に気づいたら、大騒ぎになったでしょうから。そうしたら、何もかも最初からやり直しよ。母はあなたにわたしとの結婚を迫り、あなたはいやがる……。わたしを追い払い、母に気づかせないために、あなたは喜んでお金を貸してくれる、そう思ったの。でも……結局、問題は解決したわ。十三週目に流産したから。それで仕事も見つかったし、姿を消す代わりに、夜学に通いはじめたの」

　凍りつきそうなほど冷たいものが押し寄せ、冷気がヴィートの体を通り抜けた。

「ごめんなさい、ヴィート。本当にごめんなさい！　言うべきじゃなかった！　お金のためにあなたのところへ行ったことがわかったら、怒るに決まっているのに。わたしがあなたを脅迫して、手切れ金を受けとろうとしている、そう思われるのはわかっていたわ！　でも、誓って言うけど、そうじゃないの！　当座しのぎのお金が欲しかっただけ……そうすれば姿を消せるから」

　レイチェルを抱いていたヴィートの腕から力が抜けた。

　レイチェルは彼を押しのけ、ベッドを出た。その体がふらついている。

　妊娠。彼女が妊娠していた。

　妊娠して、お金がなく、必死だった。

　投げつけられる拒絶の言葉や、そっけなく冷ややかな言葉を甘受しながら、来る日も来る日もぼくに電話をかけるしかないほど、必死だった……。

　ぼくはそんな彼女を追い払ったのだ。ぼくの子供を身ごもっていた彼女を……。

　ほかの男が彼女を妊娠させ、捨てたと思いこんで、怒りにかられたのは、つい数時間前だ。

　その男とは自分のことだった。しかも、彼女がぼくのところに来たとき、追い払ったのだ……。

　ヴィートはベッドを飛びだし、彼女の肩をつかんで、強く抱きしめた。

「すまなかった。本当にすまなかった……。ぼくにはきみを嫌う理由があると思っていたが、きみのほうこそ、百倍もぼくを嫌う理由があったんだな。きみを追い払ったことより……ぼくの子供を身ごもっているきみを追い払ったことより、もっと腹立たしく恥ずかしいのは、ぼくが喜ぶこと以外に、きみが何ひとつ期待していなかったことだ。ぼくがきみを追い払うためなら喜んで金を払うと思っていたんだろう……」

　ヴィートは声を落とし、うなだれた。

「そのうえ、きみは子供を失った。ぼくたちの子供を。もしも心身のケアをちゃんと受けていれば、そんなことにはならなかっただろうに。ぼくがそばにいて、きみの面倒を見ていたら……。すまない。本当にすまない」

　声を出さずにレイチェルは泣いた。涙が止めどなく頬を流れる。ヴィートは、失ったものを嘆き悲しむレイチェルを、自らの腕のなかでゆっくりと優しく揺らした。

　レイチェルが落ち着きをとり戻し、はかなく不運だった小さな命への悲しみがようやく引いたとき、ヴィートは言った。

「ぼくたちはなんと多くのものを無駄にしたか。これを限りに無駄はやめよう。だけど、ぼくたちには新たなチャンスが与えられた。どうか、どうかお願いだ、今度こそ信頼関係を続けていこう。ずっとそばにいてくれ。ぼくのそばにいてほしい。ぼくもきみのそばにいる。ティ・アーモ……愛している。きみもぼくを愛してくれるといいんだが」

　その言葉はレイチェルの耳にも聞こえたが、信じられなかった。激しい感情がレイチェルを圧倒する。今ようやく、ずっと前にわが子を失った悲しみがこみあげてきた。今ようやく、そのつらさを実感した。そして悲しみと苦悩のなかから何かが現れた。信じられないほどすばらしい何か。

　信じる勇気のない何か。

　ヴィートは、母を傷つけるためにわたしを利用しようとしたことはなかったのだ。

　ローマでのあの晩、わたしたちが交わした愛は本物だった。真の、嘘偽りのない、二人の愛だった。

二人だけの愛……。

今、わたしたちはそれをとり戻した。敵意と軽蔑《けいべつ》、憎悪と誤解にまみれた長く、苦しく、惨めな七年の歳月を経て、ようやくとり戻したのだ。

二度と放しはしない。

決して。

ティ・アーモ……愛している……。

世界一美しい男性ヴィート・ファルネステが本当にそう言ったのだろうか？

今、心地よい満足感がある。それさえあれば、生きているかぎり温かい気持ちをいだきつづけられる。愛する人に、夢のようにすばらしく愛される満足感さえあれば……。

そのとき、幸福感と驚異に浸っていたレイチェルの胸から、ゆっくりと喜びが引いていった。

わたしたちがどうして幸せになれるだろう？

二人のあいだには過去が立ちはだかっているというのに。二人の両親の過去が。

「ヴィート、とても無理よ！　わたしたちが愛しあうなんて無理だわ！　わたしの母はあなたのお父さまの愛人だったのよ。お父さまはお母さまを裏切ったのよ」

ヴィートの顔がこわばった。

「過去はぼくたちの人生にもう充分毒をまき散らした。それぞれの人生はそれぞれが選ぶ。きみのお母さんが父の愛人になったことも、父が母を裏切ったことも、母が離婚せず父のもとに残ったことも、みんな自分で選んだ道だ。だからぼくたちも」彼は深く息を吸った。「自分の道を選ぶんだ」彼女の目の奥をのぞきこむ。「ぼくはきみを選ぶ。世界一美しく魅力的な、最愛の人を。生涯の恋人として、友人として、妻として」

ヴィートは彼女に唇を近づけ、キスでその約束をたしかなものにした。

エピローグ

「ヴィート、こんなことをする必要はないのよ、本当に」

ドアの外の絨毯《じゅうたん》を敷いた静かな廊下に立ち止まり、レイチェルは遠慮がちに言った。

ヴィートは彼女の手をとった。「ぼくのことを、死を目前にした病人に最後の安らぎを渋る男だと思っているのか？」

「そうじゃないけど、母が死んでも、あなたが母を嫌う理由は変わらないわ」

「ぼくにはアーリーンを嫌う資格はない。だから心配するな。彼女を動揺させるようなことは決して言わないよ」

「ありがとう。母にはもうわずかな時間しか残されていないの」

「じゃあ、彼女の最後の夢が実現したことを見せてあげよう」

ベッドに横たわる人影を目にしたとき、ヴィートは驚いた。この痩《や》せ衰えた白髪頭の重病人が、思春期の彼を苦しめたあの女性？　そんなことはありえない。

レイチェルがベッドに近づいた。「お母さん？」

ベッドの女性がわずかに身じろぎし、声のほうに顔を向けて、じっと目を凝らした。

「レイチェル……ダーリン」声は弱々しくても、喜んでいるのがわかる。

やがて視線が少し移動し、ヴィートに向いた。

そのとき、まったく予期しないことが起こった。

まるで陽光がさしこんだように、やつれた顔がぱっと輝いたのだ。

「エンリコ、あなたなの？　本当にあなたなの？」

ヴィートは自分の傍らにいるレイチェルの体がこわばるのを感じた。彼が一歩前に進むと、弱々しい目が彼の顔を探るように見た。

ああ、アーリーン・グレアムは父を愛していたのだ。痩せ衰えた顔がこんなに輝き、つかの間にしろ、かつての美貌《びぼう》が戻った。そんなことができるのは愛の力しかない。

「エンリコ……」

ヴィートは彼女の弱々しい指に触れた。

「ああ《シ》、ここにいるよ、ぼくの愛する人《アモーレ・ミーオ》」

一瞬、アーリーンの目に何かが浮かんだが、すぐに消えた。それは希望だとヴィートは察した。

「いいえ、エンリコじゃないわ。わたしはあの人に愛されたことはなかったもの」

力なく彼の顔を探っているうちに、アーリーンの目に新たな驚愕《きようがく》の色が現れた。

「ヴィート」ゆっくりつぶやき、少し後ろに立っている娘に目を転じる。「レイチェル、それじゃ、本当なのね？」

「本当です。あなたの娘はぼくの花嫁になった。ぼくの妻になったんです。ぼくは彼女を愛しています。これまでも。これからも。だから……だから、ぼくたちを祝福してください」ヴィートはそこで声をつまらせた。「今までぼくが知らなかった……一度として気づかなかったあなたの父に対する愛の思い出に、どうか祝福してください」

かぼそい指先にほんのわずか力がこもった。そしてアーリーンは手を引っこめた。

「エンリコは、わたしに愛されるのをいやがったわ。それでも、わたしは愛した。あなたのお母さんも……」悲痛な笑みがその口元に浮かぶ。「わたしとシルヴィアには望んでいた以上に共通点があったの。二人とも……自分を愛してくれない男を愛したんですもの。かわいそうなシルヴィア。わたしは少なくとも、愛する人と一緒にいられたけど、シルヴィアはそれさえできなかった。でも、彼女が耐えなければならなかった神経発作、あれが山荘に逃げる口実を与えたのね。あそこなら彼も会いに行けたから……」

ヴィートはぞっとした。「誰が？」

「お母さんは何も言わなかったの？　そうよね。いつも彼をかばっていたわ。スキャンダルになったら大変ですもの」

「誰なんです？」

鋭い声が室内に響いた。

アーリーンは潤んだ目でヴィートを見た。

「あなたたちはティオ・ピエトロと呼んでいたわ」

ヴィートの表情が凍りついた。「なんてことだ《ペル・ディーオ》」

ティオ・ピエトロ。ファルネステ家の古くからの友人で、教会の枢機卿《すうきけい》。

「二人のあいだには何もなかったの。ただの友人よ。相手は神に誓いを立てた身、それ以上になるはずがなかった。かわいそうなシルヴィア……」

アーリーンの声が弱まった。またも襲ってきた睡魔に負け、まぶたが下がってくる。薬に誘発されるこの睡眠が、病人を痛みから守るのだ。

ヴィートはただひたすら見つめた。彼が生まれ育った世界が足元から崩れていく。彼はずっと母を犠牲者だと思ってきた。だからこそ……。

ヴィートは後ろを向き、両腕をわきにたらして背中を丸めた。

レイチェルは彼を抱き寄せた。

「ヴィート、それが彼らの人生なのよ。わたしたちが判断することはできないし、してはいけないわ。ただ、それがわたしたちの人生じゃなかったことを喜びましょう。わたしたちは幸せや愛へのチャンスを与えられたけど、彼らは与えられなかった。かわいそうに。彼らと比べて、わたしたちには多くのものがあるわ」

「多くのものじゃない。すべてがあるんだ。だって、ぼくたちにはお互いがいるんだから」

木々の梢《こずえ》のあいだからうっすらと陽光がさしこんでいる。若葉はまだ芽吹いていなくても、春の息吹が感じられる。生命の回帰が。

しかし、レイチェルは地面にぽっかりあいた暗闇《くらやみ》だけを見つめ、母の棺《ひつぎ》が最後の休息場所となる土のなかにゆっくり下ろされていくのを見守った。涙を止めどなく流しながら。

レイチェルの隣には、頭《こうべ》をたれた長身の夫の厳粛な姿があり、もう一方の隣には別の人物が立っている。レイチェルより背が低いその女性は、黒いドレスを優雅に着こなし、やはり頭をたれている。

埋葬が終わると、レイチェルは一歩前に進み、握りしめていた花束を墓に落とした。繊細なピンクと白の小さなばらのつぼみを。

「かわいいレイチェル」イタリア語訛《なまり》のある、悲しみを含んだ低い声が語りかけた。「涙は自分のためだけに流しなさい。大事な人を失った自分のために。お母さんのために悲しんではいけないわ」その人は埋められた墓を片手で示し、その隣の周囲を柵《さく》で囲まれた大理石の墓に手を振った。「アーリーンはようやくエンリコと一緒になったのよ。もう誰にも二人を引き離すことはできないわ」

レイチェルは苦しげに息を吸った。「本当にありがとうございます……」

「わたしはエンリコと結婚すべきじゃなかった。彼を愛していなかったんですもの。でも、あなたのお母さんはエンリコを愛していたわ。だから、彼女の居場所は彼のそばよ……」

エンリコの未亡人は言葉を切り、感動した面持ちで、レイチェルとヴィートの手をつながせた。三人は今、アーリーンがエンリコとともに眠る静かな墓地にたたずんでいた。

「時間が、苦悩と悲しみに暮れるわたしたちみんなを癒《いや》してくれたわ。本当につらい思いをさせたわね。でも、あなたたちの愛はわたしの喜びであり、慰めよ。そして今、新しい幸せが誕生する。レイチェル、あなたはその子のためにアーリーンの墓に花束を捧《ささ》げた。彼女は孫がもうすぐ生まれることを知って旅立ったのよ。互いに愛し、支えあう、寛容で誠実な両親を持つことは、子供にとって最高の幸せだわ。あなたたちの親はそれを与えられなかった。二人ともそのためにつらい思いをしたけれど、子供には幸せを与えられる。未来が、そして生まれてくる子があなたたちを待っているわ」

シルヴィアは最後にもう一度二人の手を握りしめ、きびすを返した。

ヴィートはレイチェルを抱き、片手をおなかのふくらみに当てた。

「母の言ったことは本当だ。過去は忘れよう。だって、過去はぼくたちのものじゃないんだから。未来だけがぼくたちと子供のものだ。だけど、ぼくたちの幸せはみんなへの、そして、ぼくたちの子供への贈り物だ。いや、子供たちへの」

彼はレイチェルの頬を濡《ぬ》らす涙をそっとキスでぬぐった。

「ああ、ヴィート、愛しているわ、心から……」

「ぼくも愛している。いつまでも永遠に」

二人は過去に背を向け、ともに歩きだした。彼らを待ち受ける輝かしい未来に向かって。

とっておきの、ときめきを。
ハーレクイン

罪深き娘
2006年7月20日発行

著　　者　ジュリア・ジェイムズ
訳　　者　有沢瞳子（ありさわ　とうこ）

発 行 人　ベリンダ・ホブス
発 行 所　株式会社ハーレクイン
東京都千代田区内神田 1-14-6
電話 03-3292-8091（営業）
03-3292-8457（読者ｻｰﾋﾞｽ係）

印刷・製本　凸版印刷株式会社
東京都板橋区志村 1-11-1

編集協力　株式会社遊牧社

造本には十分注意しておりますが、乱丁（ページ順序の間違い）・落丁（本文の一部抜け落ち）がありました場合は、お取り替えいたします。ご面倒ですが、購入された書店名を明記の上、小社読者サービス係宛ご送付ください。送料小社負担にてお取り替えいたします。ただし、古書店で購入されたものについてはお取り替えできません。

ISBN4-596-12122-2 C0297

ハーレクイン・ヒストリカルの人気作家

マーガレット・ムーアが中世の北欧を舞台に描く新作

『十字架を抱く花嫁』HS-262

マーガレット・ムーア

8月5日発売

バイキングのアイナーは、襲撃した村の女性メレディスの美しさと勇気に心打たれ、殺すことができずに自分の村に連れ帰った。メレディスは次第に村になじみ、アイナーとも心を通わせるが……。

マーガレット・ムーア作品はハーレクイン・プレゼンツ スペシャルからも刊行！

『領主の花嫁』PS-40（遙かなる愛の伝説）

8月20日発売

貴族の娘リオナは、花嫁候補としてニコラスの城へ出向くが……

ヒット作『霧の彼方に』PS-34（遙かなる愛の伝説）のヒロインの兄、ニコラスがヒーローです。

イマージュ・ファンを魅了し続けている**レベッカ・ウィンターズ**の新作登場！

今回は、記憶を失ったヒーローが
12年ぶりに婚約者との再会を果たします。

『過去からのラブレター』I-1842

レベッカ・ウィンターズ

8月5日発売

過去の記憶を一部失ったままのトリスは、ある日古い手紙を見つける。それはトリスあての情熱的なラブレターだった。僕に結婚を約束した女性がいたとは！愕然としたトリスは、彼女を必死で探しはじめる。

8月5日の新刊 発売日8月3日 （地域によっては4日以降になる場合があります）

やさしい恋に癒される ハーレクイン・イマージュ

愛なき求婚	ジェニー・アダムズ／山ノ内文枝 訳	I-1837
砂漠の楽園	マリオン・レノックス／霜月　桂 訳	I-1838
誘惑の手ほどき	アン・マカリスター／片山真紀 訳	I-1839
咲かない薔薇	♥ベティ・ニールズ／吉本ミキ 訳	I-1840
罪深い恋心（情熱をもう一度Ⅱ）	バーバラ・マクマーン／古川倫子 訳	I-1841
過去からのラブレター	♥レベッカ・ウインターズ／結城玲子 訳	I-1842

永遠のラブストーリー ハーレクイン・クラシックス

愛がなければ	ダフネ・クレア／中野　恵 訳	C-665
ラブ・ストーム	サラ・クレイヴン／大林日名子 訳	C-666
あの暑い夏の日に	キャサリン・ジョージ／山田信子 訳	C-667
カリブの王国	サンドラ・マートン／段　陽子 訳	C-668

別の時代、別の世界へ ハーレクイン・ヒストリカル

貴婦人の素顔（リージェンシー・ブライドⅡ）	ポーラ・マーシャル／鈴木たえ子 訳	HS-260
ダイアナの秘密	パトリシア・F・ローエル／井上　碧 訳	HS-261
十字架を抱く花嫁	♥マーガレット・ムーア／遠坂恵子 訳	HS-262

ホットでワイルド シルエット・ディザイア

素顔の億万長者	リンダ・コンラッド／渡辺千穂子 訳	D-1141
最後の夜に（富豪一族：知られざる相続人Ⅲ）	シャーリー・ロジャーズ／逢坂かおる 訳	D-1142
強引な結婚	アネット・ブロードリック／三浦万里 訳	D-1143
君主の誓い	♥ローラ・ライト／松村和紀子 訳	D-1144

大人の女性を描いた シルエット・スペシャル・エディション

片思いにさよなら（愛よ、おかえり）	♥アリソン・リー／竹内　栞 訳	N-1117
嵐のなかで（孤独な紳士たちⅡ）	リア・ヴェール／川上ともこ 訳	N-1118
潮風の償い（ばら色の恋Ⅳ）	シェリル・ウッズ／早川麻百合 訳	N-1119
真夜中の摩天楼で（マンハッタンで恋をⅢ）	ヴィクトリア・ペイド／朝霧こずえ 訳	N-1120

楽しいメールマガジンを購読しませんか？

- 毎月5日刊、20日刊の新刊配本日にあわせて配信されるので買い忘れがなくなります。
- フェアやキャンペーンなど得する情報、豆知識などここだけの楽しいコラムもあります。
- メルマガだけの作家メッセージ、プレゼント企画もあります。
- 登録は無料。どなたでも登録できます。

詳しくは公式ホームページで！　www.harlequin.co.jp

クーポンを集めてキャンペーンに参加しよう！

どなたでも！「25枚集めてもらおう！」キャンペーン「10枚集めて応募しよう！」キャンペーン兼用クーポン →

07 06

← 会員限定ポイント・コレクション用クーポン

♥マークは、今月のおすすめ